大师谈亲情

THE MASTER'S INTELLIGENT SERIES

杨智英◎编著

时代文艺出版社
SHIDAI WENYI CHUBANSHE

图书在版编目（CIP）数据

大师谈亲情 / 杨智英 编著. —长春：时代文艺出版社，2011.4（2023.7重印）
（大师智慧书系）

ISBN 978-7-5387-3567-3

I. ①大… II. ①杨… III. ①散文集－世界 IV. ①I16

中国版本图书馆CIP数据核字（2011）第054933号

出 品 人 陈 琛
选题策划 朱凤媛
责任编辑 苗欣宇 田 野
装帧设计 孙 俪
排版制作 沈 荣

大师谈亲情

杨智英 编著

出版发行 / 时代文艺出版社
地址 / 长春市福祉大路5788号 龙腾国际大厦A座15层 邮编 / 130118
总编办 / 0431-81629751 发行部 / 0431-81629758
官方微博 / weibo.com/tlapress
印刷 / 永清县晔盛亚胶印有限公司
开本 / 710×1000毫米 1 / 16 字数 / 235千字 印张 / 15
版次 / 2012年1月第1版 印次 / 2023年7月第3次印刷 定价 / 58.00元

目录

C O N T E N T S

THE MASTER'S INTELLIGENT SERIES

萨福

萨福（前610—前580？），古希腊最早、最杰出的女诗人，被誉为"人类历史上最伟大的艺术家"。

※ 给所爱

他就像天神一样快乐逍遥，

他能够一双眼睛盯着你瞧，

他能够坐着听你絮絮叨叨，

好比音乐。

听见你笑声，我的心就会跳，

跳动得就像恐怖在心里滋扰；

只要看你一眼，我立刻失掉

言语的能力；

舌头变得不灵；噬人的热情

像火焰一样烧遍了我的全身；

我眼前一片漆黑；耳朵里雷鸣；

头脑轰轰。

我周身淌着冷汗，一阵阵微颤

透过我的四肢；我的容颜

比冬天草儿还白；眼睛里只看见

死和发疯。

（周煦良　译）

柏拉图

柏拉图（前427—前347），古希腊哲学家，是苏格拉底的学生，亚里士多德的老师。
本文选摘自他的《会饮篇》。

※ 爱神礼赞

第俄提玛：我知道有一种学说，以为凡是恋爱的人们追求自己的另一半。不
过依我的看法，爱情的对象既不是什么一半，也不是什么全体，除非这一半或全
体是好的。因为人们宁愿砍去手足，如果他们觉得这些部分是坏的。我以为人所
爱的并不是属于他自己的某一部分，除非他把凡是好的都看作属于自己的，凡是
坏的都看作不属于自己的。人只爱凡是好的东西。你有不同的看法吗？

苏格拉底：凭宙斯，我没有什么不同的看法。

第：那么，我们可否干脆地说：凡是好的人们就爱？

苏：可以这么说。

第：还要不要作这样一个补充：人们爱把凡是好的归自己所有？

苏：应该作这样的补充。

第：不仅想把凡是好的归自己所有，而且永远归自己所有。

苏：这也是应该补充的。

第：总结起来说，爱情就是一种欲望，想把凡是好的永远归自己所有。

苏：这是千真万确的。

第：爱情既然如此，现在请问你：人们追求这样的目的，通常是怎样办？有爱情热狂的人发出怎样行为？这行为的方式怎样？你说得出吗？

苏：如果我说得出，第俄提玛，我就不用钦佩你的智慧，也不用拜你的门了。我来向你请教的正是这类问题。

第：好，我告诉你吧，这种行为的方式就是在美中孕育，或是凭身体，或是凭心灵。

苏：你这句话要请占卜家来解释，我不懂。

第：待我说明。一切人都有生殖力，苏格拉底，都有身体的生殖力和心灵的生殖力。到了一定的年龄，他们本性中就有一种迫不及待的欲望，要生殖。这种生殖不能播种于丑，只能播种于美。男女的结合其实就是生殖。这孕育和生殖是一件神圣的事，可朽的人具有不朽的性质，就是靠着孕育和生殖。但是生育不能在不相调和的事物中实现。凡是丑的事物都和凡是神圣的不相调和，只有美的事物才和神圣的相调和。所以美就是主宰生育的定命神和送子娘娘。就是因为这个道理，凡是有生殖力的人一旦遇到一个美的对象，马上就感到欢欣鼓舞，精神焕发起来，于是就凭这对象生殖。如果遇到丑的对象，他就索然寡兴，蜷身退避，不肯生殖，宁可忍痛怀着沉重的种子。所以一个人孕育种子到快要生殖的时候，遇到美的对象，就欣喜若狂，因为得到了它，才可解除自己生产的痛苦。照这样看来，爱情的目的并不在美，如你所想象的。

苏：然则它有什么呢？

第：爱情的目的在凭美来孕育生殖。

苏：就依你这么说吧。

第：这是不容置疑的。为什么要生殖呢？因为通过生殖，凡人的生命才能绵延不朽。根据我们已经断定的话来看，我们所迫切希求的不仅是好的东西，而且还要加上不朽，因为我们说过，爱情就是想凡是好的东西永远归自己所有的那一个欲望。所以追求不朽也必然是爱情的一个目的。

依你看，苏格拉底，爱情和欲望的原因在哪里？你注意到一切动物在想生殖的时候那种奇怪的心情没有？无论是在地上走的，还是在空中飞的，在那时候都害着恋爱的病，第一步要互相配合，第二步要哺养婴儿。为着保卫婴儿，它们不怕以最弱者和最强者搏斗，甚至不惜牺牲性命；只要能养活婴儿，自己挨饥饿，受各种痛苦，都在所不辞。人这样做，我们还可以说是因为他受理性的指使。但是动物也都有这种现象，那是什么原因呢？你能不能告诉我？

苏：我不知道那是什么原因。

第：连这种道理都不知道，你还想精通爱情的学问吗？

苏：我老早就向你说过，正因为不知道，我才来向你求教。请你告诉我，这些结果以及有关爱情的其他结果，都是由于什么原因。

第：如果你相信爱情在本质上确如我们屡次所断定的那样，你就不会再惊疑了。现在这个事例在原则上还是和我们从前所谈过的一样，就是可朽者尽量设法追求不朽。怎样才能达到不朽呢？那就全凭生殖，继续不断地以后一代接替前一代，以新的接替旧的。就拿个体生命来说，道理也是一样。我们通常以为每一个动物在它的一生中前后只同是一个东西，比如说，一个人从小到老，都只是他那一个人。可是他虽然始终用同一个名字，在性格上他在任何一个时刻里都不是他原来那个人。他继续不断地在变成新人，也继续不断地在让原来那个人死灭，比如他的发肉骨血乃至于全身都常在变化中。不仅是身体，心灵也是如此。他的心情，性格，见解，欲望，快乐，苦痛和恐惧也都不是常住不变的，有些在生，有些在灭。还有一个更奇怪的事实：就是我们的知识全部不但有些在生，有些在灭，使我们在知识方面前后从来不是同样的人，而且其中每一种知识也常在生灭流转中。

　　凡是在身体方面生殖力旺盛的人都宁愿接近女人，他们的爱的方式是求生育子女，因此使自己得到不朽，得到名字的久传，而且依他们自己想，得到后世无穷的福气。但是凡是在心灵方面生殖力旺盛的人却不然。世间有些人在心灵方面比在身体方面更富于生殖力，长于孕育心灵所特宜孕育的东西。这是什么呢？它就是思想智能以及其他心灵的美质。一切诗人以及各行技艺中的发明人都属于这类生殖者。但是最高最美的思想智慧是用于齐家治国的，它的品质通常叫做中和与正义。这类生殖者是近于神明的，从幼小的时期起，心灵就孕育着这些美质，到了成年时期，也就起了要生殖的欲望。

　　这时候，我想，他也要四处寻访，找一个美的对象来寄托生殖的种子，因为他永不会借丑的对象来生殖。美本来是他所孕育的一个品质，因此，他对于身体美的对象比对于身体丑的对象较易钟情。如果他碰见一个美好高尚而资禀优异的心灵，他对于这样一个身心调和的整体就会五体投地去爱慕。对着这样一个对象，他就会马上有丰富的思想源源而来，可以津津谈论品德以及善人所应有的性格和所应做的事业。总之，他就对他的爱人进行教育。常和这美的对象交往接触，他就把孕育许久的东西种下种子，让它生育出来。无论是住的近或隔的远，他随时随地都一心一意地念着他的爱人。到了婴儿出世之后，他们就同心协力，抚养他们的公共果实。这样两个人的恩爱情分比起一般夫妻中的还要深厚的多，因为他们所生育的子女比寻常肉体子女更美更长寿。每个人都宁愿与其生育寻常肉体子女，倒不如生育这样的心灵子女，如果他放眼看一看荷马、赫西俄德以及其他大诗人，欣羡他们所留下的一群子女，自身既不朽，又替他们的父母留下不朽的荣名。再看莱科勾在斯巴达所留下的子女不仅替斯巴达造福，而且可以说，替全希腊造福。在你们雅典人中间，梭伦也备受崇敬，因为他生育了你们的法律。此外，还有许多例证，无论在希腊或在外夷，凡是产生伟大作品和孕育无穷功德的人们也都永远受人爱戴。因为他们留下这样好的心灵子女，后人替他们建筑了许多庙宇供馨香祷祝，至于寻常肉体子女却从来不曾替父母博得这样大的荣誉。

　　以上这些关于爱情的教义，苏格拉底，你或许可以领会。不过对于知道依正路前进的人，这些教义只是达到最深密教的门径，我就不敢说你有能力参证了。我尽力替你宣说，你须专心静听。

凡是想依正路达到这深密境界的人应从幼年起，就倾心向往美的形体。如果他依向导引入正路，他第一步应从只爱某一个美形体开始，凭这一个美形体孕育美妙的道理。第二步他就应学会了解此一形体或彼一形体的美与一切其他形体的美是贯通的。这就是要在许多个别美形体中见出形体美的形式。假定是这样，那就只有大愚不解的人才会不明白一切形体的美都只是同一个美了。想通了这个道理，他就应该把他的爱推广到一切美的形体，而不再把过烈的热情专注于某一个美的形体，就要把它看得渺乎其小。再进一步，他应该学会把心灵的美看得比形体的美更可珍贵，如果遇见一个美的心灵，纵然他在形体上不甚美观，也应该对他起爱慕，凭他来孕育最适宜于使青年人得益的道理。从此再进一步，他应学会见到行为和制度的美，看出这种美也是到处贯通的，因此就把形体的美看得比较微末。从此再进一步，他应该受向导的指引，进到各种学问知识，看出它们的美。于是放眼一看这已经走过的广大的美的领域，他从此就不再像一个卑微的奴隶，把爱情专注于某一个个别的美的对象上，某一个孩子，某一个成年人，或是某一种行为上。这时他凭临美的汪洋大海，凝神观望，心中涌起无限欣喜，于是孕育无数的优美崇高的道理，得到丰富的哲学收获。如此精力弥漫之后，他终于豁然贯通唯一的涵盖一切的学问，以美为对象的学问。

说到这里，你得尽力专心听了。一个人如果随着向导，学习爱情的深密教义，顺着正确次序，逐一观照个别的美的事物，直到对爱情学问登峰造极了，他就会突然看见一种奇妙无比的美。他的以往一切辛苦探求都是为着这个最终目的。这种美是永恒的，无始无终，不生不灭，不增不减的。它不是在此点美，在另一点丑；在此时美，在另一时不美；在此方面美，在另一方面丑；它也不是随人而异，对某些人美，对另一些人就丑。还不仅如此，这种美并不是表现于某一个面孔，某一双手，或是身体的某一其他部分；它也不是存在于某一篇文章，某一种学问，或是任何某一个别物体，例如动物、大地或天空之类；它只是永恒地自存自在，以形式的整一永与它自身同一；一切美的事物都以它为泉源，有了它那一切美的事物才成其为美，但是那些美的事物时而生，时而灭，而它却毫不因之有所增，有所减。总之，一个人从人世间的个别事例出发，由于对于少年人的爱情有正确的观念，逐渐循阶上升，一直到观照我所说的这种美，他对于爱情的深密教义也就算近于登峰造极了。这就是参悟爱情道理的正确道路，自己走也好，由向导引着走也好。先从人世间个别的美的事物开始，逐渐提升到最高境界的美，好像升梯，逐步上进，从一个美形体到两个美形体，从两个美形体到全体的美形体；再从美的形体到美的行为制度，从美的行为制度到美的学问知识，最后再从各种美的学问知识一直到只以美本身为对象的那种学问，彻悟美的本体。

亲爱的苏格拉底，这种美本身的观照是一个人最值得过的生活境界，比其他一切都强。如果你将来有一天看到了这种境界，你就会知道比起它来，你们的黄金，华装艳服，娇童和美少年——这一切使你和许多人醉心迷眼，不惜废寝忘食，以求常看着而且常守着的心爱物——都卑卑不足道。请想一想，如果一个人有运气看到那美的本身，那如其本然，精纯不杂的美，不是凡人皮肉色泽之类凡俗的美，而是那神圣的纯然一体的美，你想这样一个人的心情会像什么样呢？朝这境界看，以适当的方法凝视它，和它契合无间，浑然一体，你想，这对于一个凡人是一种可怜的生活吗？只有循着这条路径，一个人才能通过可由视觉见到的东西窥见美本身，所产生的不是幻想而是真实本体，因为他所接触的不是幻想而是真实本体，你没有想到这个道理吗？只有这样生育真实功德的人才能邀神的宠爱，如果凡人能不朽，也只有像他这样才可以不朽。

（朱光潜 译）

奥维德

奥维德（前43—公元17），古罗马的伟大诗人。
主要有《恋歌》《爱的医治》《爱的教育》《时岁记》和《变形记》。

※ 爱的医治（节录）

爱神一读到我这本书的书名，便说道：

"向我开战了，我懂，战争要爆发了！"

"且慢，丘匹德，且慢责怪你的诗人，

我一贯为你服务，坚持你的信条。

我不是提丢斯之子，叫你受伤的母亲

乘着玛尔斯的战车望风而逃。

别的青年往往冷淡，我却一贯在爱，

若问我今日营生，我依旧未改。

不但如此，我还教授赢得爱的艺术，——

起初凭冲动，现已成理论教材。

迷人的小子！我没背弃你和我的手艺，

不，新的缪斯并未把旧的事业抛开。

假如谁在爱中获得乐趣，就该让他

乘风扬帆，尽情享受燃烧之乐。

但假如谁遭受无价值的恋人压迫，

就该领会我的处方，以求解脱。

为什么有的情人要脖子钻进绳套，

在梁上高高挂起悲哀的重荷？

为什么有的人要用刀剑自刺胸膛？

爱和平者对这种谋杀应当谴责。

谁遇到致命的不幸爱情就该放弃，

这样，你也免了伤人性命之嫌。

你是个孩子，你别无他事，你就玩玩，

玩吧：温和的规则才适合童年。

（你本来可用战场上的利箭，但你的

飞镖却并无流血致命的凶残。）

任你继父用刀剑长矛在战场杀戮，

因砍杀而血污遍体，扬威耀武；

你却该继承你母亲的安全的手艺，

它不会犯过失造成孤儿寡母。

尽管让人家夜间起争吵把门打破，

尽管让大批花环把院门埋住；

让青年和羞怯的少女悄悄幽会吧，

用点计谋哄一哄警惕的丈夫；

让被排除的情人对着无情的门柱

求一阵骂一阵，唱支伤心的歌，——

满足于这点眼泪吧，别去担人命案；

你的火炬点火葬堆太不适合。"

我这样说。金色的爱神摇摇珠光翅，

对我答道："写吧！完成你的大作。"

来吧，受骗的青年，凡被你们的恋人

彻底抛弃了的，来听我的教导。

造成创伤和提供救护是同一只手：

我教你们恋爱，也教你们治疗。

同一片土壤培育药草也培育毒草，

荨麻往往和玫瑰花相依相靠；

阿喀琉斯的长矛给赫尔库勒斯之子

造成创伤，也能把这伤口治好。

我对男人说的，对你们女子也可类推，

相信吧，我给予双方同等装备，

即便其中有些不符合你们的实用，

其示范也能给你们丰富的教诲。

其有益的功效是止熄野性的火焰，

使你的心不再受失误的支配。

假如听我教导，菲丽斯会活在人间，

还能在走过九次的路上来回；

狄朵也不至于在城上用临死的眼

遥望扬帆远去的达达尼亚舰队。

（飞白 译）

但丁

但丁（1263—1321），中古时期意大利伟大的民族诗人，意大利文学的奠基人。主要诗作为《神曲》《新生》《诗集》等。

※ 我女郎的眸子里荡漾着爱情

我女郎的眸子里荡漾着爱情，

流盼时使一切都显得高洁温文，

她经过时，男士们无不凝眸出神，

她向谁致意，谁的心就跳个不停，

以致他低垂着脸儿，心神不宁，

并为自己的种种缺陷叹息不已，

在她面前，骄傲愤恨无藏身之地，

帮助我同声把她赞美，女士们。

凡是听见她说话的人，心里

就充满温情，且显得很谦虚，

谁见她一面，谁真幸福无比；

她嫣然一笑，真是千娇百媚，

无法形容，也难以记在心头，

为人们展现新的动人的奇迹。

（钱鸿嘉 译）

※ 谁能从女人群中见到我的女郎

谁能从女人群中见到我的女郎，

他就能完美地享受一切福分，

任何女人只要在她的身旁，

就能沾她之光而感谢天恩。

她的美艳魅力无穷，不同凡响，

别的女人不但不存嫉妒之心，

反而使她们变得贤淑温良，

还对人们怀着信任和深情。

她露脸处，人们都恭顺谦虚，

她不但自己一个儿惹人喜爱，

而且使每个同伴都受人青睐。

她的举止显出多么娴雅的风度，

谁不能把这点牢牢记在心怀，

就不配伸手把爱情之花采摘。

（钱鸿嘉 译）

乔叟

杰佛利·乔叟（1343—1400），英国宫廷诗人，被尊为"英国诗歌之父"。
最重要的作品是未完成的《坎特伯雷故事集》。

※ 致菲丽巴

在我这颗真诚而多忧的心里，烦恼多于欢悦。哀哉！我何不幸。凡是我心所欲，都得不到手，而我所不欲的偏偏可以垂手而得。这一切我不知何处好申诉，因为除了她，没有能救我的人，可是她却毫不顾怜我的伤痛，我哭也好，唱也好，都不在她的心上。

呀！睡眠的时候我却醒着；该跳舞的当儿我吓得发抖。我的心爱，我生命的皇后，为了你，我过着如此沉郁的生活，虽然你全不在意！我的确敢说一句实话：依我看，你那钢刀般的甜心，此刻磨得何其锋利，我实在承受不了。

我亲爱的心，最可爱的仇人，为什么你要为我造成这一切苦恼？我究竟做了些什么，讲了些什么，致使你如此心烦？难道是为了我只伺候你一人，只爱慕你一人，并决心终生不变吗？

且说，甜心，不可以恶报德。你又善又美按理不会如此，除非你已有了善恶不等的侍者，而我却是其中最卑贱的一个。

然而，我自己的甜爱，虽则尽我所能也无法伺候你，不配伺候你，但我可以发誓，世上没有人比我更情愿讨得你的欢心，或消除你的烦闷。如果我想到的事都能办到，你就可以知道我的话究竟是真是假；因为再也没有第二个人像我这样一心要想使你称心如意的了。

我既十分爱你，又十分怕你，过去如此，永远也如此，再没有比你更受爱戴的人，也永远没有第二个。我其实只求你真正相信我，请你不要恼怒，容许我不断为你服役。如此而已！我不敢设想你会爱我，也没有如此狂妄；我很知道无此可能；我卑不足道，而你却如此完善。

你是世上最可尊贵的人，我却是最无前途的。可是，虽然如此，你该很明白我是推不走的，我将永远忠诚为你尽力，不论遭受多少痛苦，我必为你用尽我的五官所及。即使你丝毫不怜惜我，我仍立意伺候你，我将和世上任何人一样真诚。

不过，善良尊贵的情人，我越爱你，越觉得你对我无情。啊，你的硬心肠何时才能改变？你那女性的怜悯，高贵的品质，和恩恕的美德都到哪里去了？难道你就不肯分给我一点吗？我既完全属于你，甜爱，又曾立下宏愿要为你效劳，如果你仍由我白白死去，你也就一无所得了。

据我所知，我没有做任何事恼怒你。我从心底恳求，在你此生之中，如果有一天，你见到一个比我更忠实的侍者，你尽可以把我抛开，大胆将我置于死地，我绝不埋怨。但是，如果你见不到这样的人，你又岂能听我如此受难而死？要知道，除了存有一片善意之外，我实在没有其他的罪过啊。这样看来，真心假意之间似乎就没有任何区别了。

我是生是死，全凭你的意志而定，我以一副驯良的心肠祈求着，你尽可以如你的心愿将我处理。我宁愿你心中快乐而赐我一死，绝不肯在任何时候讲一句违犯你的话，或想一件惹你厌的事。所以，求你怜惜我的剧痛，甜爱，降给我几滴恩露，否则我的一切希望和快乐将就此结束，而我这烦恼的心中将不会留得半丝幸福了。

皮桑

克里斯蒂娜·德·皮桑（1365—1430），法国中世纪作家，欧洲第一位有学识的女性。

※ 贵妇之城（节选）

这三位女神使我感到比以前强壮、轻松。理智女神在前，我跟着她到了这片园地，她做出标记，我用反诘的镐开始挖掘，下面就是我完成的第一项工作。

"理智女神，我清楚地记得，讲到怎么如此多的男人攻击过，而且在继续攻击妇女的行为时，你告诉过我金子越炼越精，意思是被冤枉攻击的女人越多，她们的价值就越辉煌。但是请告诉我，不同的作者为什么在自己的书中反对女人，我已经从你们这里知道这是不对的，请告诉我他们这么做是出于憎恶还是自然把他们造就成这样，这样的行为从何而来？"

她答道："我的女儿，要让你更深入地了解这个问题，我得先把第一篮土挑走。这种行为肯定不是来自自然，而是违背自然。由于上帝的意志，世界上任何一种联系都不如自然在男人和女人中造就的爱伟大而有力。正如你已发现，导致这些作者们攻击妇女的原因各种各样，有的人攻击妇女用心是好的，他们想把那些与邪恶放荡的女人为伍的男人从歧途上拉回来，不然他们会昏头的。"

……

"别的男人攻击妇女有其他的原因：有的因为自己邪恶，有的因为自己身体有缺陷，有的由于嫉妒，还有的人以诽谤别人获得快乐。还有人为显示自己博览群书，按他们在书中看到的，重复别人说过的话，引用不用的作者。

"那些由于自身的邪恶攻击妇女的人年轻时生活放荡，用欺骗得到许多女人的爱情，他们犯罪到老，而不悔改，现在不胜留念过去的愚蠢和放荡的生活。年轻时自然规律允许他们满足自己强烈的色欲，但是他们现在老了。因此，看到"好时光"已离自己远去，他们痛苦、怨恨，在他们看来，年轻人，就像当年的他们，真是幸福无比。他们无法解除自己的悲伤，只好攻击妇女，期望以此减少她们对其他男人的吸引力。这种满嘴污秽、不老实的老头子你到处都能见到，就像玛赛奥勒斯，他自己都承认年老阳痿，却又欲火中烧。用这个例子，你可以有力地证明我说的都是事实，而且相信许多的男人也是这样。

……

"有的人攻击的原因是自己身体有缺陷，他们四肢畸形无力，但心思却恶毒尖刻。除了攻击给许多人带来欢乐的女人，他们别无他法来为自己阳痿的痛苦进行报复，便想借此把别人引开，不要享受他们自己享受不到的快乐。

"那些出于嫉妒攻击妇女的人是邪恶之徒，他们明白与自己相比许多女人有更高的智力，行为更高尚，因此心生怨恨，鄙视妇女。过度的嫉妒促使他们攻击所有的妇女，想要贬损、降低她们的荣耀和值得赞美的品行，就像有人——我记不清是谁了——企图在他的书《哲学》中证明有些男人尊崇妇女是不恰当的，这些人把他的书的标题都搞颠倒了，把原义是"爱智慧"之学的哲学变成了"爱愚蠢"之学。不过我可以发誓，这个人通过谎言充斥的推论，已把他自己的书变成一部真正的"爱愚蠢"的作品。

"说到那些天生喜好诋毁的男人，他们谁都进攻，因此诽谤妇女并不令人惊讶。不过，我敢断言人若任意诽谤都是出于心地的邪恶。这种行为完全违背理性和自然，说他违背理性是指他毫不知感恩，看不到女人为他做了这么多，不管他多努力，也永远无法补偿，他也不懂他继续需要女人为他做这些事。说违背自然，意思是世界上任何地方，不管是裸体的野兽，还是飞鸟，当然没有不热爱它们的雌性同类的。所以，一个有理性的男人做出与此相反的事是违背自然的。"

……

理智女神，奥维德被认为是最好的诗人之一——尽管许多人相信，而且由于你的纠正，我也同意，维吉尔更值得称颂——在一本叫《爱情的技巧》的书里，还有在《爱情的治疗》和其他书里，他怎么会这么经常地大肆攻击妇女？

女神答道："奥维德诗歌技巧娴熟，论写诗他极富才智，然而他在毫无价值的事情和肉体的享乐中消耗了自己的身体，毫无节制或忠诚。年轻时他尽情放纵，最后得到恰当的报应——名声扫地，财产丧失，还丢了胳膊、腿。由于他的言行都在宣传自己的生活方式，他最终因性生活杂乱而遭到流放，后来由于一些年轻有势力的罗马人的支持，他从流放地回来，他已经因恶行受到惩罚。但回来后同样不能约束自己，结果遭到阉割，毁形。这就是我前面对你指出的，明白自己已不能像从前一样寻欢作乐时，他便开始以巧妙的理由来攻击妇女，企图由此降低她们对别人的吸引力。"

"女神，您说得对，我知道另一个意大利作者的一本书，一个托斯卡纳边界地区的名叫塞科·达斯科历的人，他在书中有一章里写的东西可恶之极，骇人听闻，有理智的人都不愿重复。"

她回答说："我的女儿，要是塞科·达斯科历说了所有女人的坏话，也不要惊奇，因为他不喜欢并仇视一切妇女。而且，他邪恶的出奇，想让所有的男人都讨厌、憎恶妇女，他罪有应得，可耻地被绑在火刑柱上烧死了。"

"女神，我还知道另一本用拉丁文写的小书，叫《女人的秘密》，谈女人身体的自然构成，特别是其中的巨大缺陷。"

她答道："不用更多的证明，你自己就可以看出这本书草率写成，被虚伪所歪曲。你若看过就知道它明显地由谎言组成，虽然有人说这本书是亚里士多德写的，但说像他这样的哲学家竟会编造谎言是不可信的。妇女有证据确信书中的一些事不是事实，而是纯粹的编造，她们也可以推断出其他的细节也都是完完全全的谎言。不过，你难道不记得作者在书的开头说凡把本书念给女人听或把它给女人读的男人都被某个教皇——我不知道是哪个——开除了教籍。"

"女神，我记得很清楚。"

"把这个谎言当作可信的东西放在书的开头给卑鄙无知的男人看，你明白其中的恶毒的目的吗？"

"我的女神，如果你不告诉我，我不知道。"

"目的是不让妇女知道这本书及它的内容，因为写书的人知道女人看了这本书或听到别人大声读出，就会知道里面都是谎言，她们就会反驳、嘲笑。作者用这种托词想要欺骗看这本书的男人。"

"理智的女神，我记得他说母亲子宫里软弱无力的胚胎便长成女性的身体，然后说当自然看见自己造就了这么一个身体时为它的瑕疵深感羞愧。"

"但是，亲爱的朋友，难道你看不到这种言论是由毫无理性的盲目和极度的疯狂引起的吗？"当上帝神圣的意志决定要在大马士革的田野里用泥土造出亚当时，男人和女人的形态出自全能的上帝的思想。在把亚当造出后，上帝便把他带到地上的乐园，那过去和现在都是最美好的地方。自然是上帝的婢女，难道她比她的主人更伟大吗？亚当在乐园里睡觉，上帝用他的一根肋骨造出了女人的身体，表明她应该作为伴侣站在他的身边而不是作为奴隶匍匐在他的脚下，而且他应该爱她如同自己的骨肉。如果造物主不以造出女人的形体而羞愧，那么自然会感到羞愧吗？这么说真是愚蠢之极！真的，女人是怎么造的？我不知道你是否已经注意到这点；她是按上帝的形象创造的，怎么会有人胆敢诽谤带有这么崇高特征的人。但是有些人听说上帝按自己的形象造人时，竟愚蠢到认为这是指物质的身体。由于上帝并没有人的躯体，这指的不是躯体而是灵魂，是与神一样永生的理智的精神。上帝创造了灵魂，赋予男性和女性躯体以完全相同的灵魂，同样优秀、高贵的灵魂。再回到创造躯体的问题，女人是造物主的创造，她在哪里被造？在地上的乐园。用什么造成？是邪恶的东西吗？不，是用上帝的最高贵的创造物造成，用男人身体的一部分造成了女人。”

“女神，据你所说，女人是最高贵的创造物。不过，西塞罗却说男人绝不能为任何女人服务，因为男人都不能为低于自己的人服务，为女人服务就降低了自己。”

她回答说：“无论男女，谁的美德多，谁就更高贵，高贵和低贱并不在于性别、身体，而在于行为的完美和德行。能为在一切天使之上的圣母玛丽亚服务的人一定幸福。”

“但是，女神，加图——一个了不起的演说家——却说这个世界要是没有女人，大家就可以与神对话了。”

她答道：“被看作是智者的人的愚蠢，你由此可见一斑。因为正是有了女人，男人才得到上帝的恩惠，如果有人说男人因夏娃被逐，我要说他通过玛丽亚得到的多于比由于夏娃而失去的，要是没有夏娃的错误，人性绝不可能与上帝相通。夏娃的罪带来了如此的荣耀，不论男女都应该为它而欢欣。人的本性由女人而堕落，又同样由女人而升华。至于加图所说的与神灵的对话，要是世界上没有女人，他倒说对了。因为他是异教徒，在他的信仰中，诸神住在天堂也住在地狱。在他们看来魔鬼即住在地狱冥界的神。因此，要是没有玛丽亚，这些地狱里的神，的确会与人对话。”

“就是这个加图·尤提参西斯还说使男人感到愉悦的女人与玫瑰相似，看起来可爱，但下面却潜伏着荆棘。”

女神说：“加图又说对了，世界上看起来最可爱的应该是道德高尚、品行端庄的女人。但是，在她们的心里却有悔悟和害怕犯罪的荆棘。她们不会抛弃使她们保持宁静、安详、恭敬有礼的东西，正是这种荆棘拯救了她们。”

……

我，克里斯汀，接着说：“正直女神，我知道，女人做了许多好事。即使有做了坏事的邪恶女人，在我看来，品行美好的女人给世界带来的好处——特别是那些有智慧，擅长诗文，受到良好的科学教育的女人——远远超过邪恶女人造成的灾祸。因此，听到有些男人的观点我很惊讶，他们竟然声称不想让自己的女儿、妻子或其他女亲属受教育，因为教育会毁掉她们的道德。"

正直女神答道："由此你可看到男人的观点并不都建立在理性的基础上，说这种话的男人是错误的。道德知识教人以美德，毫无疑问，道德教育改进人的道德，使人变得高尚。不能认为人有知识道德水平必然下降，怎么能认为一个人遵守正确的教导或学说反而变坏了？这种观点无法成立。我并不是说应该学占卜之类的技巧或那些被神圣的教会禁止的那类学问——教会下的禁令并不是没有充分的理由的——但不能认为妇女学了正确的东西会变坏。罗马的大修辞学家和造诣极高的演说家奎因塔斯·霍坦修斯并不同意这种观点。他有个女儿叫霍坦西娅，具有精妙的颖悟力，他因此非常爱她，让她学习写作、修辞。她完全地掌握了这些学问，以致不仅在智力和记忆上酷似她的父亲，而且在演讲的风格技巧和条理上也能与她父亲媲美。其实，在任何方面父亲都不比女儿更强。至于上面说到的女人给社会带来的益处，罗马极大地裨益于霍坦西娅及她的学识。当时罗马由三个男人统治，霍坦西娅支持妇女的事业，开始从事连男人都不懂的事。当时有一个问题，即在困难时期，是否应该向女人及她们的珠宝首饰征税，她演说雄辩有力，像她父亲一样吸引听众，在这场辩论中她赢了。

"同样的，不用到古代去搜寻事例，在近代（不到六十年前）波隆尼亚有个叫乔万尼·安德里亚的庄重的法律教授。他并不认为女人受教育是坏事。他有个漂亮的好女儿，叫诺芙拉，她受到非常高深的法律教育，以至于她父亲有事无法给学生上课时就会让她去代课。为防止她的美貌分散听众的注意力，她在自己前面挂了一个帘子。就这样她不时地添补、减轻了她父亲的工作。他挚爱女儿，写了一本关于法律的讲集，以女儿的名字把书命名为《诺芙拉》。

"由此可见，并不是所有的男人（特别是有智慧的男人）都认为女人受教育有害。然而，许多愚蠢的男人的确表达过这种观点，因为女人的知识比他们多惹怒了他们。你的父亲是大科学家、哲学家，他并不认为女人懂了科学将降低了她们的价值。相反，正如你所知，看见你爱好学习他非常快乐。相反你母亲希望你遵循一般女人的习俗，从事纺纱及愚蠢的女孩子的事，她的这种观点是你从事科学的主要障碍。不过正如上面引过的箴言所说：'自然赐予的谁也无法夺走'，你的自然爱好使你点滴聚集学到了科学，你母亲不可能阻挡你心中对科学的感情。我相信，你不会因此感到自己价值低了，而是把它看作自己的一大财富，你当然有充分的理由这么想。"

我，克里斯汀，对正直女神所说的一切回答道："真的，女神，你说的与主祷文一样确实。"

……

然后，我，克里斯汀说："女神，我确实相信你所说的话，我确信许多美丽的女人有美德贞操，她们懂得如何充分保护自己不落入欺诈男人的陷阱。男人争辩许多女人想要被人强奸，她们即使嘴上在抗议，但实际上并不在乎男人强奸她们，我听了很不安，感到很悲哀。很难相信这种罪恶对她们实际上是一件愉快的事。"

正直女神答道："放心吧，亲爱的朋友，贞洁的女人生活诚实坦白，绝不会喜欢被强奸，实际上强奸对她们而言是最大的悲哀。许多诚实的妇女以自己为可靠的例子证明了这一点千真万确。罗马妇女中最为贞洁、高贵的女人露克里蒂亚就是一例。她是贵族塔奎因·科勒提务斯的妻子。另一个男人，国王塔库的儿子，骄傲的塔库，疯狂地爱上了高贵的露克里蒂娅，但不敢向她表露，因为他看出她非常贞洁。他对依靠送礼、恳求来达到目的已经绝望，便考虑如何使用诡计，他声称是她丈夫的好朋友，得以任何时间出入她家。有一次，得知她丈夫不在家，他就去了。这位高贵的太太以丈夫的好朋友所应享受的礼仪接待了他。然而，塔库心里想的完全是另外一回事，他设法进了露克里蒂娅的卧室，使她惊恐万状。简而言之，他费了很长时间企图用各种许诺、礼物和恩惠引诱她，最后明白了恳求毫无用处，她宁死也不会相从，就拔出剑来，威胁她说，如果不顺从而且出声就把她杀掉，她回答说他尽可以杀掉她。塔库意识到已经别无办法，便想了一个最恶毒的计策，他说将向大家宣布他发现她与他手下的一个军人混在一起。这把她吓坏了（她认为别人会信他的话），结果她只好让他奸污了。但露克里蒂娅无法隐忍这个巨大的痛苦，等到天亮，她把丈夫、父亲以及近亲找来，他们都是罗马最有权势的人。她哭泣着把一切都告诉了他们。丈夫和亲戚们见她如此悲伤便安慰她。这时她从衣袍下抽出一把刀，说：'我以这种方式洗掉自己的罪孽，表明我清白无辜，但我无法从痛苦和折磨中解脱自己，从现在起，女人不会因露克里蒂娅蒙羞受辱。'话毕，她便用刀刺入胸膛，在丈夫和朋友们的面前倒下了。他们疯狂奔去打塔库，整个罗马都被唤起，人们把国王驱逐出去，要是找到他儿子就会把他杀了。从此罗马就再也没有国王。有人说，由于对露克里蒂娅犯下的罪行，人们制定了一条法律，一条恰当、公正和神圣的法律：强奸妇女的男人要被处死。"

（吴芬 译）

拉贝

路易丝·拉贝（1525—1566），法国著名女诗人，
主要作品有《哀歌》《十四行诗》《爱情与疯狂的辩论》。

※ 坠入情网

1

噢无限的欲望，噢徒劳的希望，

忧郁的叹息，习以为常的泪水

在我体内形成多少条河流，多少场雨

那源头和泉眼是我搜寻的

眼睛。噢，残忍，无情

天国之光那怜悯的一瞥！

噢冷却的心，久违的欲火。近日来

我在问，你还能添加我的烦恼吗？

让爱神再一次弯起弓来

用新的火焰射穿我用新的飞镖刺透我

让他以最恶毒的方式报复我吧。

我的四肢已经被扯烂如斯，没有人

还能在我身上造下新的伤口，任何

凶狂的攻击也找不到一处完好的肌肤。

2

自从那一瞬，当可怕的爱神为伤害我

在我胸中点燃火种，

那不熄的火焰便越烧越猛，

再没有一日曾让我安宁。

它带来的一切恐怖，它那一息一念中

一切毁灭性的流言和威胁

与死亡为伍向我逼近，

我狂热的心不能因此而衰竭。

无论爱神打算怎样拷打我们，

每一次刺激都会使我们的力量凝聚，

每一把投来的利刃都会使我们更富生机。

然而爱神的袭击不会毫无计谋，

它既蔑视人类也蔑视上帝

因而在强者面前显得更加可惧。

3

我们目睹每一个生物最终死去

纯洁的灵魂离开身体。

我是这身体，你是那灵魂。

我所钟爱和崇拜的灵魂你现在何方？

不要离我太久，让我独自哀伤。

如果你还想救我，就不要耽搁

不要让你的身体缠绵于他国。

将我钟情的另一半还与我罢！

行动起来，亲爱的朋友，为了我们爱的结合，

为了我们的世界不再有凶险，

不再有苦难，唯有爱的恩典，

在我们的交往中不再有龃龉的污玷。

于是我会平静地接纳你善良的美德，

曾经残忍，而今无限地温情脉脉。

（马高明 译）

蒙田

米切尔·德·蒙田（1533—1592），法国散文家。
他因论述当代思想与人格的《随笔集》而闻名，这本书采用一种新的文学体裁，
在文学史上有很大贡献。

※ 男女之交需具慧眼

与美丽而正派的女子交往也是一件令我怡然陶然的事。"因为，我们也有
一双行家的慧眼。"虽说和女人交往时精神上的享受不及在第一种交往中那样强
烈，但是感官的享受——在这种交往中感官参与得更多——使它几乎和第一种一
样令人愉悦，尽管二者无法等同。不过和女人交往时我们必须有所戒备，尤其那
些易受肉体冲动影响的人（比如我）更应如此。我年轻时吃过肉体冲动的苦头，

据诗人们说，这种冲动会发生在那些放任自流、不善约束、不善判断的人身上。年轻时的事如一记鞭答，从此成了我的教训。

在男欢女爱上倾注全部思想，以毫无顾忌的激情投身于其中，这是一种荒唐之举。但另一方面，如果缺乏爱情和意愿，只是逢场作戏，迫于年龄和习俗的要求，扮演一次大家都演过的角色，除了空口白话，不投入自己的感情，这样做虽然确实安全保险，却是一种懦夫行径，犹如一个人因害怕危险而放弃自己的荣誉、利益或欢乐；可以肯定，奉行此种做法的人，绝不能希望从中得到任何使一个高尚的心灵感动和满足的结果。你想实实在在享受的东西，应该是你真心实意渴望的东西。命运可能不公正地恩宠一些女人的外表，这是常有的事。没有一个女人——即使她长得很丑——是不想讨人喜欢的；没有一个女人不显示她的长处，或是她的年轻，或是她的笑靥，或是她的身姿；因为无一长处的丑女正如无一缺点的美女，是不存在的。

至于我，我认为没有丘比特就没有维纳斯，一如没有孩子就没有母爱，两者的本质是互相归属互相依存的。同样，欺骗行为的恶果必将由欺骗者自己吞食，没付出努力和代价的人必得不到任何有价值的回报。把维纳斯敬为女神者，认为维纳斯的美主要不是肉体的美，而是精神的美；这种人寻求的爱不是男女的爱，甚至也不是动物的爱。动物的爱并不像人们以为的那么粗俗，低下！我们看到，想象和欲望如何使动物兴奋，如何在肉体之先刺激它们；我们看到，不管是雄性还是雌性的动物，都会在群体中挑选自己喜欢的对象，而且它们之间能保持长期的恩爱。那些因年老而体力不济的动物，还能因爱情而浑身颤动或发出嘶鸣。我们见过动物在交配前充满希望和热情，当肉体完成其职能后，甜蜜的回味仍使它们无比欢愉。我们还见过有些动物交配后骄傲地昂首阔步，或发出快乐和得意的鸣叫，仿佛在说它们疲乏了，也心满意足了。若只是为了释放肉体的本能需要，又何须如此费尽心机去烦劳他人。所以爱情不是为饥而不择食的饿汉们准备的食品。

平心而论，如果心灵的美与肉体的美二者必须舍其一，那么我可能宁愿舍弃前者；心灵可以在更重大的事情上派用场，而在爱情这件与视觉和触觉特别有关的事上，没有美好的心灵还可以有所为，没有美好的肉体却绝对不行。所以姣好的容貌实在是女子的优势，她们的美是那么独特，以致我们男人的美虽然要求另一些特征，但只有与她们的美有了共同之处——孩童式的，光滑无须的——才算美到极致。

※ 论婚姻

婚姻是一种明智的交易，在婚姻里，情欲已不那么癫狂，而是较为深沉，也有所减弱。爱情不愿意男女双方不靠它而靠别的东西维系在一起，当它混在以其他名义——比如婚姻——建立和维持的关系中，它就变得无精打采，因为在婚姻中，联亲、财产的分量与风韵、容貌同等重，甚至更重。不管人们口头怎么讲，实际上人们不是为自己结婚，而主要是为传宗接代，为家族而结婚。婚姻的用处和好处关系到我们的世系，远甚于关系到我们本人。故而，我认为这事由第三者来操办比自己亲手操办更好，按别人的意思办比按自己的意思办更合适。

这一切与爱情的常规真是大相径庭！

有些人以为把婚姻与爱情连在一起，就能为婚姻增加光彩，我觉得，他们的做法与那些为要抬高德行的身价便认为高贵身份即是美德的人毫无二致。婚姻与爱情，德行与高贵之间有某种相似，但却有很多不同；没有必要搅乱它们的名字和称号，把它们混为一谈对两者都不好。

出身高贵是一种长处，把它列入考虑的因素是对的；但这种长处取决于他人，而且可能降落在一个品质恶劣、毫无能力的人身上，故而它远不及美德受人敬重。如果要说它是一种美德，那么它是一种人为的、表面的美德；它取决于时间和命运，并随地域的不同而变换形式；它有活力，但并非不朽；它来自出身，正如尼罗河来自发源地；它属于整个家族谱系，因而为某些人所共有；它有连续性，又有相似性；它重要，又不很重要。博学、强健、善良、美貌、富有等长处都能进入人们的交往，而高贵的出身只能自己受用，对他人毫无用处。

好的婚姻——如果世上存在好婚姻的话——拒绝接受爱情的伴随和爱情的特

性，而是力图体现友谊的性质。婚姻是一种温馨的共同生活，充满忠贞、信赖，以及无数相互间的有益而实在的帮助和责任。"任何女人一旦品尝了这种婚姻的滋味，任何女人一旦由婚姻之烛把她和所爱的男子结合在一起，便不再愿意处于丈夫的情人或女伴的地位，当她作为妻子在这个男人的感情上占据一定的地位，那么她的地位是体面的，稳固的。

美好的婚姻那么罕见，正说明它的宝贵，它的价值。假如好好缔造，好好对待，婚姻实在是我们社会再好不过的构件。我们少了它不行，然而我们又贬低它、践踏它。如同鸟笼一样：笼外的鸟儿拼命想进去，笼内的鸟儿拼命想出来。苏格拉底被问及什么更合适，娶妻还是不娶妻，他回答说："不管娶妻或不娶妻，总会后悔的。"这种看法成了一种俗套，与其相应的还有所谓"人之于人，不是上帝，便是豺狼"的说法。要缔结美好的婚姻，需要汇集很多良好的品德。当今世下，婚姻更适合头脑简单者与平民大众，因为他们的心灵没有被享乐、好奇和无所事事的生活搅得如此之乱。

爱情与婚姻是两个目的，各有其不同的路线，无法融合。一个女子可能委身于某个男人而又绝不肯嫁他，并不是因为财产地位，而是因为男人本身的问题。很少有男人娶了原来的女伴而不后悔的。

伊索克拉底说，雅典城令人赏心悦目，如同男人出于爱慕而追求的一位贵妇；人人喜欢来这儿散步，消磨时光，但没有一个爱她是为了娶她，就是说，在那儿扎根和定居。

伊索克拉底还说，爱情和婚姻的目的各异，但可以在某种方式下互容。婚姻的好处在于它的功利性、合法性、体面性和稳定性，它给予的欢乐是平淡的，但却更无所不包。爱情仅仅建筑在男欢女爱的基础上，它给予的乐趣确实更销魂、更强烈、更刻骨铭心，而且因难于得手而变得更炽热。爱情需要刺激，需要烹调。没有箭和火的爱情就不再是爱情了。婚后的女人给予得太慷慨，以致夫妻间的感情和欲望磨得迟钝了。

我们千方百计诱骗女人，挑逗女人，我们不断煽动和刺激她们的想象，而后我们又大呼：淫荡！老实说，我们男人中，几乎没有一个不是害怕妻子行为不轨给他带来耻辱甚于怕自己道德败坏而丢脸的；没有一个不是关心妻子的良心甚于关心自己的良心的；没有一个不是宁愿自己是小偷、渎圣者，或妻子是杀人犯、异教徒，也不愿妻子的贞洁程度稍逊于自己的。

有人说，美满的婚姻要由瞎子女人和聋子男人缔成，我觉得此人对婚姻的了解可谓透彻。

一个年轻人问哲学家帕纳提乌斯，圣贤坠入情网是否恰当，他回答说："别管圣贤的事，只谈不是圣贤的你和我吧；我们自己不要卷入这种令人过分激动的事，它会把我们变成他人的奴隶，还会使我们自轻自贱。"哲人的话有道理，谁若没有足够的勇气承受爱情的冲击，谁若不能用事实验倒阿格西劳斯那句"理智与爱情不能并行不悖"的名言，那么他就别去体验爱情这种急风暴雨似的东西。

我们让爱情主宰我们的生活的时间愈短，我们的生命就愈有价值。看着被爱情主宰的人们的行径吧：完全像黄口小儿那样幼稚。谁不知道，受制于爱情的人行事是多么违背条理和秩序？

在学业、训练和机能的运用上都变得无能了。爱情是受没有生活经验者统辖的天地。"它无规无矩。"诚然，充满意外和混乱的爱情更令人神魂颠倒，连其中的过失和事与愿违的结果也是奇妙的，令人回味无穷的。只要爱得强烈，爱得如饥似渴，理智和谨慎都无关紧要了，你看爱情像醉鬼般摇摇晃晃、跌跌绊绊、疯疯癫癫；谁若用明智和巧计引导它，便是给它戴上镣铐，谁若要它听从老年人的教诲，便是限制它神圣的自由。

培根

弗朗西斯·培根（1561—1626），英国哲学家、政治家。

他的著名哲学著作有《学术的进展》和《新工具论》。

他强调归纳法，对后来科学研究工作有重大影响。

大
师
谈
亲
情

035

※ 论爱情

　　爱情在舞台上，要比在人生中更有欣赏价值。因为在舞台上爱情既是喜剧也是悲剧的素材，而在人生中，爱情常常招致不幸。它有时像那位诱惑的魔女，有时又像那位复仇的女神。你可以看到，一切真正伟大的人物（无论是古人、今人，只要是其英名永铭于人类记忆中的），没有一个是因爱情而发狂的人。这说明伟大的精神和伟大事业可以摒除过度的激情。然而罗马的安东尼和克劳底亚是例外。前者本性就好色荒淫，然而后者却是一个严肃明哲的人。

这说明爱情不仅会占领没有城府的胸怀，有时也能闯入壁垒森严的心灵——假如守御不严的话。

埃辟克拉斯曾说过一句笨话："人生不过是一座大舞台。"似乎一个本该思考天意，追求高尚目标的人，却应一事不做而只拜倒在一个小小的偶像面前，成为自己感官的奴隶——虽然还不是口腹之欲的奴隶（那简直与禽兽无异了），即娱目色相的奴隶。而上帝赐人以眼睛本来是有更高尚的用途的。

过度的爱情，必然会夸张对象的性质和价值。例如，只有在爱情中，才总是需要那种浮夸谄媚的辞令。而在其他场合，同样的辞令只能招人耻笑。古人有一句名言："最大的奉承，人总是留给自己。"——只有对情人的奉承要算例外。因为甚至最骄傲的人，也甘愿在情人面前自轻自贱。所以古人说得好："人在爱情中不会聪明。"情人的这种弱点不仅在外人眼中是明显的，就是在被爱者的眼中也会很明显——除非她（他）也在爱他（她）。所以，爱情的代价就是如此，不能得到回爱，就会得到一种深藏于心的轻蔑，这是一条永真的定律。由此可见，人们应当十分警惕这种感情。因为它不但会使人丧失其他，而且可以使人丧失自己本身。

古诗人荷马早告诉我们，那追求海伦的巴立斯王子竟拒绝了天后朱诺（财富女神）和密纳发（智慧女神）的礼物。这就是说，溺身于情的人，是甘愿放弃财富和智慧的。

当人心最软弱的时候，爱情最容易入侵，那就是当人春风得意，忘乎所以和处境窘困孤独凄零的时候，虽然在后一情境中不易得到爱情。人在这样的时候最急于跳入爱情的火焰中。由此可见，"爱情"实在是"愚蠢"的儿子。但有一些人，即使心中有了爱，仍能约束它，使它不妨碍重大的事业。因为爱情一旦干扰事业，就会阻碍人坚定地奔向既定的目标。

我不懂是什么缘故，使许多军人更容易坠入情网，也许这正像他们嗜爱饮酒一样，是因为危险的生活需要欢乐的补偿。

人心中可能潜伏有一种博爱倾向，若不集中于某个专一的对象，就必然施之于更广泛的大众，使他成为仁善的人，像有的僧侣那样。

夫妻的爱，使人类繁衍。朋友的爱，致人以完善。但那荒淫纵欲的爱，却只会使人堕落毁灭！

（何新 译）

※ 论婚姻

成了家的人，可以说对于命运之神付出了抵押品。因为家庭难免拖累于事业，使人的许多抱负难以实现。

所以最能为公众献身的人，往往是那种不被家室所累的人。因为只有这种人，才能够把他的全部爱情与财产，都奉献给唯一的情人——公众。而那种有家室的人，恐怕只愿把最美好的祝愿保留给自己的后代。

有的人在结婚后仍然愿意继续过独身生活。因为他们不喜欢家庭，把妻子儿女看作经济上的累赘。还有一些富人甚至以无子嗣为自豪。也许他们是担心，一旦有了子女就会瓜分现有的财产吧。

有一种人过独身生活是为了保持自由，以避免受约束于对家庭承担的义务和责任。但这种人，可能会认为腰带和鞋带，也难免是一种束缚呢！

实际上，独身者也许可以成为最好的朋友，最好的主人，最好的仆人，但很难成为最好的公民。因为他们随时可以迁逃，所以差不多一切流窜犯都是无家者。

作为献身宗教的僧侣，是有理由保持独身的。否则他们的慈悲就将先布施于家人而不是供奉于上帝了。作为法官与律师，是否独身关系并不大。因为只要他们身边有一个坏的幕僚，其进谗言的能力就足以抵上五个妻子。作为军人，有家室则是好事，家庭的荣誉可以激发他们的责任感和勇气。这一点可以从土耳其的事例中得到反证——那里的风俗不重视婚姻和家庭，结果他们的士兵的斗志很差。

对家庭的责任心不仅是对人类的一种约束，也是一种训练。那种独身的人，虽然用起钱来很挥霍，但实际上往往是心肠很硬的，因为他们不懂得怎样去爱他人。

一种好的风俗，能教化出情感坚贞严肃的男子汉，例如像优里西斯（Ulysses）那样，他曾抵制美丽女神的诱惑，而保持了对妻子的忠贞。

一个独身的女人常常是骄横的。因为她需要显示，她的贞节似乎是自愿保持的。

如果一个女人为丈夫的聪明优秀而自豪，那么这是使她忠贞不渝的最好保证。但如果一个女人发现她的丈夫是妒忌多疑的，那么她将绝不会认为他是聪明的。

在人生中，妻子是青年时代的情人，中年时代的伴侣，暮年时代的守护。所以在人的一生中，只要有合适的对象，任何时候结婚都是有道理的。

但也有一位古代哲人，对于人应当在何时结婚这个问题是这样说的："年纪少时还不应当，年纪大时已不必要。"

美满的婚姻是难得一遇的。常可见到许多不出色的丈夫却有一位美丽的妻子。这莫非是因为这种丈夫由于具有不多的优点，反而更值得被珍视吗？也许因为伴随这种丈夫，将可以考验一个妇人的忍耐精神吧？如果这种婚姻出自一个女人的自愿选择，甚至是不顾亲友的劝告而选择的，那么就让她自己去品尝这枚果实的滋味吧。

本文选自 F·培根的随笔全集《人性的探索》。

※ 论结婚与独身

有妻室儿女的人，可以说向命运之神交出了抵押品。因为家室有碍于干一番大事业，无论是行善还是作恶。的确，最有成效、最有益于公众的事业来自未婚或无儿女的人。他们在感情和资财两方面都好像是和公众联姻，而且付出了聘礼。然而照理说，有儿女的人应该更关心未来，他们显然知道他们最宝贵的资产都要传给后代。有些人虽然过着独身生活，但所思考的仅限于自身；他们把将来的时光看作无关紧要。还有些人把妻子儿女当作开销的账目；更有甚者，有些愚蠢而吝啬的富人竟以无儿女为荣，以为如此在别人眼中便会显得更富有了。也许他们听过这样的闲谈：一个人说"某人是个大富翁"，而另一个人却反驳道"是啊，可是他有成群的儿女之累啊！"仿佛有了儿女反而会减少财富似的。

过独身生活，最普通的原因是享有自由。特别是某些随心所欲、自得其乐的人，对于各种约束十分敏感，几乎把腰带和袜带也当成了枷锁。未婚的人可以成为最好的朋友，最好的主人，最好的仆人，但常常不是最好的臣民；因为他们很容易逃之夭夭，差不多所有的逃亡者都是这类人。

独身生活，适于做神职工作。因为办慈善事业假若非要先灌满自家的池塘，就很难灌溉他人的土地。独身与否，对法官和县令关系不大，因为他们假若徇情受贿，一个臣仆能起的坏作用大于他们的夫人五倍。至于军人，我发现将军激励士卒时，常让他们想起自己的妻室儿女。土耳其人轻视婚姻，结果使本来就低俗的士兵更为卑贱。

有妻室儿女，对于人类确实是一种锻炼；独身者虽然钱财花销较少，显得慷慨大方，但是从另一方面来说，他们往往更残忍无情，更适于作严酷的审讯者。因为他们的仁慈之心难得有被唤醒的机会。

天性庄重的人，受习俗的引导，心志不移。他们多半是笃爱妻子的好丈夫。正像人们所说的攸力赛斯一样"他宁要他的老妻而不要长生不老"。贞洁的妇人往往骄傲不驯，因为她要显示她的贞洁美德是自愿保持的。如果一个妇人为丈夫的贤明而自豪，那就是使她自己忠实温顺的最好保证。但如果她发现丈夫嫉妒多疑，她绝不会认为丈夫是贤明的。

在人的一生中，妻子是青年时代的情人，中年时代的伴侣，老年时代的守护。所以一个人只要愿意的话，任何时候结婚都是有理由的。

　　但也有一位号称贤哲的古代人，在回答人们应在何时结婚这个问题时说道："年轻时还不应该，上了年纪则全无必要"。常常见到不才的丈夫却有了很贤惠的妻子：也许是因为这种丈夫优点不多，偶有表现反而值得重视；也许是因为做妻子的以侍奉丈夫的耐心而自傲。如果这些不才的丈夫是她们自愿选择的，而且是不顾亲友的劝告而选择的，她们就一定要尽量弥补自己愚蠢的失策。这一点大概总是不会错吧。

（黄宏煦　译）

立罗斯福哥

拉罗斯福哥（1613—1680），法国作家。代表作有《箴言集》，反映作者的愤世思想和悲观情绪。

※ 关于爱情

给爱情下定义是困难的，我们只能说："在灵魂中，爱是一种占支配地位的激情；在精神中，它是一种相互的理解；在身体方面，它是我们对躲在重重神秘后面的被我们所爱的一种隐秘的羡慕和优雅的占有。"

如果有一种不和我们其他激情相掺杂的纯粹的爱，那就是这种爱，它隐藏在心灵深处，甚至我们自己也觉察不到它。爱情不可能长期隐藏，也不可能长期假装。当我们根据爱的主要效果判断爱时，它更像是恨而不是爱。爱情只有一种，其副本却成千上万，千差万别。

爱情和火焰一样，没有不停的运动就不能继续存在，一旦它停止希望和害怕，它的生命也就停止了。爱情的坚贞不渝实际上是一种不断的变化无常，这种变化使我们的心灵相继依附于我们爱人的各种品质之上，迅即给予其中一个以偏爱，又迅即转到另一个，因此，这种坚贞不渝不过是发生在同一主体中的一种周而复始的变化。

在爱情中有两种坚贞不渝：一种是由于我们不断地在我们的爱人那里发现可爱的新特点；另一种则不过是由于我们想获得坚贞不渝的名声。青春是一种不断的陶醉，是理性的热病。

新颖的优美之于爱情，犹如花儿之于果实，它放射出一种稍纵即逝、永不复返的光彩。大多数女人很少为友谊所动的原因是：当体验到爱情时，友谊就寡淡无味了。在友谊中正像在爱情中一样，常常是那些我们不知道的东西比那些我们知道的东西使我们感到幸福。美色已逝而价值犹存，这样的女子微乎其微。

用来抵抗爱情的那种坚强有力，同样也可用来使爱情猛烈和持久；而那些软弱的人们，总是受激情影响，又几乎从不真正付诸行动。情人们只有在他们的如醉如痴结束时才看到对方的缺点。

明智的爱情并非相得益彰，当爱情增加时，明智减少了。有一个猜忌妻子的丈夫有时倒是愉快的：他老是听到对他所爱的那个人的谈论。当一个女子具有全部的爱情和德性时，她是需要同情的！当我们爱得太深的时候，确认别人是否爱我们是不容易的。

班恩

阿弗拉·班恩（1640—1689），英国剧作家、诗人和小说家。

英国的第一位靠写作为生的女作家。

她最著名的作品是以苏里南的一场奴隶暴动为题材的小说《奥鲁诺克；或高贵的奴隶》。

※ 喜剧《培申特·范西》的收场白

我不时地听到纨绔子的喊叫，

哦，荒唐——那是女人的胡闹，

她最近碰巧赢得我们的欢心，

她那该死的喜剧会不断地逗弄我们。

可怜的女人究竟干了什么事

被禁止涉足理性和神圣的诗？

谁说在这个时代上天给你们的智慧之宝

比以前多，而给女人的比以前少？

我们在故事中曾享有盛名，像男人一样

文笔不凡，善于理政，也善于打仗。

我们至今仍有被动的胆量，如果

习俗允许，也能表现主动的勇力，

因为你们可没少惹我们生气。

只有我们才能忍受你们无聊的浮华，

失礼的调情和刻薄的废话；

忍受你们比女人气更糟的做作，

它使你们成为最讨厌的家伙；

你们是小丑被面罩女郎们哂笑，

让城里的小姐都轻蔑地皱起眉毛；

是羡慕的乡巴佬的一面镜子

供他们学习如何打扮得可笑滑稽：

两边比赛谁最伶俐机巧，

谁先学会淫荡、浮华、胡说、吵闹和炫耀。

尽管如此我们必须让我们的才智、

理性、武器和桂冠服从这种种妙事。

你们淫荡时我们不嘲不笑，

你们粗鲁时我们不动武不小瞧；

我们有比你们更高尚的心灵，

我们的爱情更理智便是佐证；

既然能最快地寻到各种妙法取悦你们，

为什么不写几出戏让诸位高兴？

我们最善于发现你们的弱点，也了解自身，

被女人抛弃或戴绿帽子乃是城里的热门。

你们的写作手法已越来越不时兴，

你们只熟知规则和条理，

遵循那哄人的方式，然后倒霉碰壁。

你们关于情节、时间和地点的术语，

必须全都让位于自然流畅的笑剧。

我们拥护所有的智者：不过

你们这帮傻瓜，没有头脑的家伙，

别管我们还做别的什么，管叫你们看到

我们如何巧妙地模仿你们中的一些人：

假如你们被描画得栩栩如生，那么请奉告

女人怎么就不能写得像男人一样好。

（彭予 译）

※ 武装的爱神

爱神坐在神奇的胜利之中，

周围浮动着一颗颗流血的心，

他给它们制造了新的伤痛，

显示出的威力奇特、残忍。

从你的亮眸中他取出一团火，

戏嬉地乱抛乱掷；

从我的眼中他取出的是饥渴，

足以毁灭这个多情的尘世。

从我身上他得到叹息和泪水，

从你身上他得到无情和骄傲；

从我身上他得到恐惧和憔悴，

从你身上他得到杀人的飞镖；

你我如此地把他武装，

赋予了他一种神性；

可唯有我可怜的心受到损伤，

而你潇洒自由，大获全胜。

（彭予 译）

默里

朱迪思·萨金特·默里（1751—1820），美国女作家。
生于马萨诸塞，父亲是个富有的商人兼船长，政治观点和宗教思想都很开明。
默里从小比较自由，受到良好的教育。作品被汇编成三卷本文集《拾穗人》。

※ 论两性平等

　　大自然对于男女天赋的赐予是如此不公平，这是我们所应认真持有的观点吗？大自然真的使占人类二分之一的男性在智力上如此不容置疑地占有优势吗？据我所知，无论男女，聪颖敏悟抑或相反，情况都是常见的。

　　但我仍然要问：女性智力如此公认地低下，或者说不如男性，又表现在哪里呢？人的智力不是包括想象力、理解力、记忆力和判断力这四个方面吗？想象力这块领地早已非我们莫属，我们也已被封为想象王国的当然君主。发明创造或许是智力活动中最难的，想象力的这一分支也已特别划归我们，长久以来我们便具有这种创造能力。

　　观察一下装扮女性世界的时装服饰吧（我反对对此一笑置之），其变化无穷几乎使男人的全部断言变得可疑。我们要说，阳光下还是有新事的。从这种不断更新的时尚变化中，女性表现出多么富有情趣，多么才华横溢，又多么独出心裁啊！

此外，人们也注意到，即使我们女性做了多么不光彩的事，我们都能立即找到一个貌似十分有理的借口来为自己辩解，以致反倒使我们的所作所为显得有些可爱了。我们富于创造力的又一例证是我们造谣生事的天分，我们制造起流言飞语来是那么得心应手。

仅凭丰富的想象，我们转眼间就能编造出一个耸人听闻的故事。一个女人凭借想象丰富的头脑，能使多少人名誉扫地？我们对于捕风捉影又是多么乐此不疲？我们能轻而易举地将怀疑变为罪名，而这些罪名又通过绘声绘色的辩才出乎意料地变为清白，令人既惊讶又困惑。人们或许要问，我是不是要将这些现象作为我们女性美德的例证？当然不是。我想证明的是我们丰富的想象力和创造力。无疑人们由此便可发现女性所具有的非凡智慧。如果对此加以正确引导，将会导致怎样有益的结果啊。难道针线和烹饪就足以使具有如此聪明才智的女性人尽其才了吗？我认为不是。

事实上，正是这些家务劳动使女性的才智得不到充分运用，乃至想入非非。我们的理解力差吗？我们只能凭借我们所获得的知识来理解事物，如果我们连获得知识的机会都没有，那么，由此得出我们女性不如男性的结论是不公允的。我相信，在记忆力方面，男女并无差异。这一点每个人根据自己的经验都可以证实。一个絮絮叨叨的老妇与一个十分健谈的老翁同样随处可遇。他们的话题都是对已逝时光的回忆，他们的青年时代和成年时代与他们的垂暮之年交织在一起，这或许引起你的兴趣，或许使你厌烦。"但是我们的判断力不强，我们不能很好地辨别事物。"

可人们要问，男人在心灵辨认能力方面的优势又是怎样形成的呢？难道我们不能从男女所受的不同教育以及男性一贯享有的优越条件中究其原因吗？能说一个两岁男婴的判断力就比同岁的女婴更强吗？我相信，一般观察的结果正相反。然而，从此之后所发生的情况对女性是何等不公平啊！由于教育方法大相径庭，致使男孩发展，女孩受抑。男孩被鼓励胸怀大志，女孩却早早受到束缚和限制。

随着年岁的增长，女孩必须完全献身家务，而男孩则被亲手带往铺满鲜花的科学之路。即使男女生来智力平等，但如果习俗真能成为"第二天性"，甚至取代天性，而日常生活的经验又表明了这一点的话，那么谁又会对男性在智力上的明显优势感到诧异呢？当女孩终成妇人，由于未能受到足够的教育而感到一种空虚，她的社会分工也无法填补这种空虚，她能做什么呢？她不会去读书，抑或读书也只读小说一类，唯恐被称为"女学者"，而这一称呼的含义是人所共知的。

于是她便从追求时髦、散布流言乃至更应受到指责的一些行为中寻求慰藉，谁能说得准她在这方面到底会走多远呢？同时她自己也极不愉快，渴望能有文化教养。假如她仍是单身，便不可能通过受性别限制的工作和娱乐来消磨时光。假如她与一个男人结合，尽管他们先天在智力上并无高低，然而教育上的差异却使那个男人远远超过了她，以致她无法与他一起从那些充满睿智的消遣之中分享快乐；她将自惭形秽而伤感不已，从而对一切都感到索然无味。

假如命运不幸把她托付给一个平庸无能的男人，由于与一个只能令她鄙视的人朝夕相处，她同样也会受到伤害。然而，如果她能和她的兄弟一样受到教育（尽管他们涉猎的领域可各有侧重），由于智力得到开发，在她面前将会展现出一片广阔的天地。在天文学领域，她可以一窥宇宙之无限，并由此形成惊人的见解。在地理学领域，她将置身于耶和华的恩泽之中，崇拜他竟使地球如此适应万物的种种需求和乐趣。在自然哲学领域，她将对天国的无比崇高和纤尊降贵充满敬仰；当她穿行于卑俗的尘世，她将欢呼造物主上帝的善良。如此充实的头脑将不会再对人们合理地指责女性聊以自娱的那些琐事发生兴趣，她们也会成为男性的合适伴侣，他们终有一天将以她们为荣。

花样翻新的时装将让位于思考，而这些思考或许会有助于文学的进步。女性再没有诽谤诬蔑的"闲情逸致"了。她们不会名誉扫地，而将用富于想象的头脑来进行严肃的思索。不必要的互访也减少了，这一习惯将仅仅成为她们休息放松的一种方式，或是为了满足与亲朋好友保持来往的需要。女性将变得处世审慎，她们的判断力加强了，她们将会慎重地选择自己的生活伴侣，不幸的婚姻将会像现在幸福的婚姻那样少。

人们是否会担心，女性受了教育后便会放弃家庭中的职责呢？我的回答是，家政的所有要求都极容易达到，我还可以保证，一旦达到了，这些事便无须再费脑筋去做。这里我再重复一句，当我们被针线活或家务事缠身时，我们的大脑仍有充分的空闲可以思考；我们的思维可能极为活跃，如果能早早奠定一个适当的基础，我们的思想将会具有足够的理性。

如果我们很勤奋，便很容易抽出时间把思想写在纸上，如果事情太多不能这么做，至少我们聊天的内容可以变得更为高尚理智。假如人们还要叫嚷："你们只要搞好家务便是尽心尽职了"，我会平心静气地反问他们：难道一个追求不朽，追求高尚情趣，一个准备穷毕生精力潜心钻研上帝杰作的有灵性的人，眼下就该受到这般屈辱，以致除了知道如何制作布丁、缝制衣服外，就不能再想些别的什么了吗？可惜所有诸如此类对妇女争取进步的指责都不再过分而落得物极必反；但从一贯性来看，它们本该是那样的。

是的，尔等尊贵骄傲的男性，我们天生与你们在精神上就是平等的，上帝的气息同样给我们带来勃勃生气、无限活力和焕发的精神，我们并不比你们逊色卑微，这从那些深受压抑却仍克服重重阻力的女同胞的经历中可以得到证明。尽管我不熟悉男女双方各自拥有的杰出人物，但根据我的视野所及，我坚信自古至今，已有同样多的女性像男性那样仅凭天赋便为自己赢得了声誉，她们完全凭借自身的能力获得了荣誉的花环。我知道也许有人会坚持，既然男人在体魄上比女人强壮，他们的智力当然也必定更强，从而把人的精神力量归于其短暂栖息的肉胎凡身。

但如果这一推论成立，人类应对许多凶猛的野兽甘拜下风，因为地球上有为数不少的动物在体力上都远比人类强大。而且，这一论点若被认可，亦难以令人信服，因为人们有目共睹的现象表明，还有不少体格强壮、颇具阳刚气的女人和女里女气的男人。我想波普先生尽管身材矮小、外表柔弱，却无损他心灵之伟大。或许还可以举出其他许多例子来驳斥这一毫无哲理的论点。我们不是常可看到，当一个人的肉体几近消失，即将复归尘土时，其不朽的灵魂却得以升华甚至达到前所未有的极其崇高的境界。此外，我们姑且承认体魄的强壮不容忽视，鉴于大自然一贯的不偏不倚，我们可以设想，她必定造就了在智力上略胜一筹的女性，使她们能与体魄强壮的男性平分秋色。但我们愿意放弃这显而易见的优势，我们所要求的只是平等。

（罗希和　译）

米拉波

加布里埃尔·德里凯·米拉波（1749—1791），法国著名政治活动家。
他曾代表下层贫民在国会中击败贵族和僧侣的进攻，是一位颇具雄辩才能的革命家。

※ 致"唯一的爱人"

一

啊，我的朋友，我已收到了你的信，你的宝贵的信。我的干枯的嘴唇在信上吻了几千遍，同时，我的心也在这信上徘徊着。亲爱的索菲，你写的一切都是那样自然，又是那样动人，你是怎么摸得出你的心上人心中的路数的呢？……我的唯一的爱人，你的信给我带来了无限欢乐，然而这欢乐又是悲惨的，我所要说的你心中有数。我深深地知道，你除了愁苦的样子外，不会有其他，可是你对我的想法似乎很不以为然，虽然对我的感情没有别的看法……你是我的一切，是我最亲密的伙伴，我对你的爱是永恒的，永远不会变化的；我对你那体贴的性格、温顺的照料，永远都不会怀疑，这你不知道吗？我羡慕你，同时敬畏你，这你不知道吗？唉，如果我怀疑我的索菲，我还能够生存下去吗？亲爱的朋友，倘若我的信中有些转弯抹角的地方使你觉得含糊不清，那也只是因为，我害怕偶有丝毫粗心之处就会使你甩开这信的缘故。获得你的消息是一种快乐，但我想到你也许不那么称心如意，这快乐之中似又夹杂着相反的因素。……

你将我的小加布利尔·索菲的好消息告诉了我，你是何等可爱啊！唉，我的密友，她不仅是我精神的产儿，同时也是我肉体的产儿。……啊，我的密友，自从你让另一个你——也是另一个我——出生以后，我的体贴之情在成百倍地增长。愚蠢的妇人对我说，她像我，我……我有点害怕。不，我不怕；我确切地知道，她像你，完全像你。即使我和阿多尼斯一样漂亮。

我也愿她只像你！……

二

致我的索菲

啊，我亲爱的索菲，一种永远分手的时刻来到了。爱情的幻想已使我们久久地盲目地行事，可是大自然不会丧失它的权力。痛苦的毒素已经慢慢地将你的朋友吞没了，他要死去了。

啊，我的生命中不幸的半个人，谁能减轻你所遭受的可怕的打击呢？这种打击比我行将在几个钟头内所受到的痛苦还要可怕100倍！我丢下你，这是一种无以复加的痛苦，但这种痛苦会和我的生命一齐终止。我这颗心此时此刻还受着你的支配，但顷刻之间，不论是在忧愁方面也好，在爱情方面也好，它将不再受感动了，可是你为了你的加布利尔而悲伤却是来日方长。……

啊索菲，我为你多么难受，如果我的命运是苟延残喘在你的身后，那我会像你一样深感不幸。

可是，你以为我们就这么分手了吗？不，索菲，不；你的爱情送给我的可爱的孩子正生存着，她的生存就是我们损失的减轻，在某种意义上来说，也是一种补偿。她还有你，只有你，既是她的母亲，又是她的父亲，你必须对她保持着我们俩对她的爱。唉，索菲，有多少义务留给你去履行啊，在履行这些义务后，就会得到很好的安慰！

亲爱的索菲！我最心爱的意中人，好好地保重你自己；不要因为失望而使爱情受到损害。在你温柔体贴之情处于高潮时，你常常向我发誓说我死之后，你绝不苟且偷生……啊，我的亲爱的，你当时做母亲了吗？没有，还没有做母亲，如果你现在仍为这种矜持而应受责怪的誓言所拘束，那你一定是一个可怜的爱人，一个应当受责怪的母亲。

我所崇拜的索菲！凡是我女儿可以继承的一切权利，我都将在遗嘱中分给她；我还将你对我的体贴，对我的关怀让给她。当我得知我的爱人勇气不足，得知她对我的最后的热烈请求不能胜任时，我一定会满怀失望地死去，因为生下一个女孩子，而不能尽力抚育她，如果致使她们母女二人都作了牺牲……啊索菲，你愿意这种十分纯洁、忠实的热烈情怀在我临死之时化为重大悔恨和受良心谴责的根源吗？我的爱人，活着吧，给我这种急切的心情以一点安慰吧，你应生活在世间，好让你的女儿投身于你的怀抱中；你还可以告诉她，她的父亲本来是可以怎样爱她的……

——我还说些什么呢？刚才已再三地劝你去抵抗不幸事情的来临，现在还想搅乱你的心思吗？我对于自己的情绪已不信任，并且永远终止在这一点上了。你要不断地想着他，他临死时，口中还念叨着你的名字，他把最真挚最真实的爱情送给了你，他对你的感情在一生中无时无刻不是忠实的，甚至在意念上也是一尘不染。他从这些出发，如果可以说的话，是可以说从感激的情怀出发，他要求你为你的女儿——又是他的女儿的缘故——努力地生活下去。

彭斯

罗伯特·彭斯（1759—1796），苏格兰有史以来最杰出的农民诗人，作品有《自由树》《苏兰人》《两只狗》《一朵红红的玫瑰》《高原玛丽》《往昔的时光》等优秀诗篇。他的诗吸收了古歌谣精华，通俗流畅，朗朗上口，在民间广为流传，具有很高的艺术价值。

※ 致伊丽

　　我的亲爱的伊丽；我真切地感到，人世间纯洁的忠实的爱情和道德宗教信仰中纯洁的忠实的原则恰恰一样。我希望这句话将表明我给你的所有信中的那种非常的方式都是无可非议的。所谓非常的，指的是这些书信写得很仓促，老实说，我时常担心你把我当作一个虔诚的教徒，和爱人谈情就像说教者在讲话那样。不知是怎么回事，只觉得人世间虽然没有一桩事能使我得到像写信给你时这样的快乐，然而这种信也没有使我高兴得忘乎所以。这种状态是恋人们中间常有的事。

我常常想：一种根深蒂固的爱情如果不是一种道德，那么这中爱情至少也和道德非常接近。每一想到我的伊丽，我的心中便热烈如火，而我身上的一切人的感觉，以及每一种豪爽的元素都欢欣鼓舞起来。每一种怨恨、妒忌等不纯洁的因素都因此消失了，否则便会由这种因素而坐卧不安。

因有了你的爱，我常常张开一视同仁的两臂去欢迎每一个人，对于幸运者我与之同乐；对于不幸者则与之同悲。我的爱人，我时常以感激的眼光望着命运的主宰，我希望它将给我幸福，恰如它将你许配给我一样，我真诚地盼望他允许我达到自己的意愿——使你的生活安宁、快乐。龌龊的卑劣汉可以对一个讨厌的女子指天誓日地表示他的爱情，然而实际上他的同情专注于这个女子的钱袋上；奴隶似的挑夫需要一个妻子，他可以跑到市场上去选择一个强壮忠厚的，恰像我们指一匹老马所说的那样：这个，训练得适宜。我鄙视他们这种龌龊的行为。

女性生来就是人类享乐的重要组成部分，当我对女性只具有这么一种糟糕的观念时，便愤怒地责难我自己。可怜的恶魔呀！在这种观念上，我不羡慕他们的命运！

对于我来说，在亲爱的女伴参加集会时刻，我可以在她的愉快中得到完全不同的另一种欢乐。

1783年于里亚湖

巴贝夫

弗朗斯瓦·诺埃尔·巴贝夫（1760—1797），法国社会革命家，空想共产主义者。
曾组织"平等会"，主编《人民论坛报》，着有《永久地籍册》。
他是第一个"真正能动的共产主义政党"的奠基人（马克思语）。

※ 致妻子

亲爱的，我向你们问好！我就要在永夜的黑暗里长眠了。我曾给一个朋友寄去了两封信，你们将会收到这些信。我对他比直接对你们自己更能把我的情况说得清楚些。

我似乎什么也感觉不到，因为我的感触太多了。我把你们的命运托付给一个朋友。我一点无从知道，他能否照我希望他的那样照顾你们；我无从知道，你们能否看到他。你们对我的爱，使你们不顾艰难险阻到我这里来，虽然你们历尽千辛万苦，你们还是在苦难中挺住了。你们全神贯注地注视着这次长期的残酷的审讯的每一变化，你们也终于和我一样，喝了这杯苦酒。

我不知道你们应否回到你们从那儿来的地方去；我不知道你们在那里能否找到朋友；我不知道人家是否会想念我，虽然我相信，我的行为洁白无瑕，没有任何可以指责的地方；我不知道在反革命将要展开的保皇党人的疯狂迫害之下，所有共和国的朋友，他们的家人，一直到母亲怀里的孩子，会是什么样子。

唉，亲爱的，在我的生命的最后时刻，这些思想撕碎我的心！为祖国而死，抛弃家庭、孩子和爱妻，这一切在我还是比较容易忍受，如果我不预见到，自由将要毁灭，还有许多正直的共和主义者会被牵入这个残酷的镇压迫害中来。唉，我钟爱的孩子，你们会成为什么样的人呢？我想到这点真是万分痛苦……我悲痛地说，你们能否相信，我是为了最伟大的和最崇高的事业而牺牲自己的，如果我为这个事业作出的一切努力都是白费，我终究是尽了我的天职……

在共和国所有它的拥护者头上，现在正掀起了可怕的风暴，如果你们能够侥幸地逃过这阵风暴，如果你们能够找到一个平静的港湾和几个能在患难中帮助你们的朋友，我要求你们紧密地团结在一起；我向我的妻子建议，要慈祥地教育孩子；我教导我的孩子，要表现出无愧于母亲的爱，要敬爱母亲，要永远听母亲的话。自由的殉难者的家庭，应当能在一切高贵的品质方面成为模范，应当能取得善良人们的敬爱。我愿我的妻子尽一切力量来教育好我的孩子，她会要求她的所有朋友多方面地来支持她做到这点。我希望爱弥尔会努力实现他父亲的这个愿望。

我相信，他爱父亲，父亲也很爱他。我要求他一有可能就毫不迟疑地投身到这项任务中去。

我亲爱的朋友们，我希望你们都会想念我，会经常谈起我。

我希望你们知道我曾多么爱他们。为了要使你们幸福，我觉得除了使所有的人幸福以外，没有别的道路可走。我没有成功，我牺牲自己，但我也是为你们而死的。

我的事要多多讲给爱弥儿听，要对他说千万遍我爱他。当卡由能懂得这些时，也要把这番话对他说。

拉希瓦告诉我们说，他将把我们的辩护词印成小册子。我的讲话要向四面八方到处散发。我要叮咛嘱咐我的忠诚的好妻子，我的讲话的底稿，在没有抄留一份字字句句完全相同的副本以前，不要交给鲍杜汪或拉希瓦，也不要交给任何别的人，这样她才可放心，这个讲话永远不会丢失。你知道，可爱的朋友，这个讲话对于品德高尚的人和所有爱祖国的人，都永远是宝贵的。我遗留给你的唯一的东西，就是我的美名。我知道，你和你的孩子想起了我的美名，就会得到许多安慰。这对你们当然是很好，听到人家说，你的丈夫、你们的父亲是一个善良正直的人，他是一个高贵的、洁白无瑕的人。

再见吧！只有一丝细线把我和这个世界联结在一起，明天这根线就要扯断了。这是无法变更的，我看得很清楚。牺牲是必需的。凶神比我更强，我敌不过他们。怀着像我这样纯洁的良心死去，当然是美的；悲惨和痛苦的只是我必须从你们的怀抱中挣脱开，亲爱的，你们是我最最宝贵的！！！……我勉强忍痛地挣脱掉，还是发生了。再见，再见，再见，千百次再见！……

还有几句话要说。写信告诉我的母亲和我的妹妹，我的辩护词一经印好，就交邮局或用别的方法寄给她们。告诉她们，我是为什么死的，设法对这些善良淳朴的人讲清楚，这样的死是光荣的，绝对不是耻辱。

就这样，再一次说声再见，我的亲爱的朋友们！永远再见吧！我会像一个正直的人那样酣睡。

共和5年牧月7日（1797年5月27日）

贝多芬

路德维希·冯·贝多芬（1770—1827），德国伟大的作曲家。

他继承海顿·莫扎特传统，集古典乐派之大成，开创了浪漫派的先河，

为我们留下了大量优秀作品。其中，第三（《英雄》）、第五（《命运》）、

第六（《田园》）交响曲和钢琴奏鸣曲《悲怆》《热情》《月光》等，

被公认为世界音乐艺术的杰作。他的创作，对近代西洋音乐的发展产生了深远影响。

※ 致"永恒的爱人"

一

7月6日星期一晚

你在受苦，我最亲爱的人儿——我刚才听说信件必须清早发出。星期一，星期四——只有这两天有邮车从这里到K去。

你在受苦——啊！不管我在哪里，你也在那里。我想把我们的事安排一下，使自己能活下去，而且是和你生活在一起，多美的生活啊！！！！像这样！！！！像这样没有你的生活——为人类的福利所驱使而东奔西走——我实在

不配做这种工作，也没有这种意愿。

人对人的屈从——使我痛苦——可是当我把自己和宇宙放在一起考虑的时候，我算得了什么？所谓英雄豪杰又算得了什么呢——然而——这些人中间就写有神的意志。当我想到你恐怕要到星期六才能收到我的第一封信时，我竟不由潸然泪下——你爱我很深，我爱你却更深——然而，绝不要对我隐瞒你的思想——晚安——我要去洗澡，马上得睡了。天哪！近在眼前，远在天边！我们的爱情难道不是一座真正的天宫吗？——

像天庭一样稳固吗？

二

7月7日晨

早安，我永恒的爱人，虽然尚未起床，我的思想已经飞到你身边来了，忽而高兴，忽而忧伤，等待着命运的信息，不知它是否会顺从我们的心愿。我只能完全和你生活在一起，要么根本就活不下去。是的，我决定离别你到外面去飘泊些时候，直到我能飞到你怀抱里来对你说：我真的回来了，把我的灵魂和你裹在一起，让它飘到神仙世界里去吧。是的，不幸非如此不可——你会比我更坚决，因为你知道我对你的忠诚——再也没有别人能占有我的心了——不会有——永远不会有——啊，上帝！一个人为什么非和自己最亲爱的人离别不可呢？而现在我在W（维也纳）的生活却如此苦恼——你的爱情使我变成了世界上最幸福的人，同时也是最痛苦的人。像我这种年纪，需要过稳定而安静的生活——在我们目前的情况下办得到吗？我的天使，我刚听说每天都有邮车——所以我必须立刻停笔。这样你就可以立刻收到这封信。冷静点，只有头脑冷静地考虑一下我们的现状，才能达到生活在一起的目的——冷静点——爱我吧——今天——昨天——想你想得真要发哭了——你——你——我的生命——我的一切——再会——继续爱我吧——绝不要冤枉你所爱的路德维格那颗最忠诚的心。

永远是你的

永远是我的

永远是彼此的

黑格尔

乔治·黑格尔（1770—1831），德国伟大的哲学家，辩证思想的杰出代表。
他的哲学著作深邃而丰富，主要有《精神现象学》《大逻辑》
《哲学全书》《法哲学原理》及《哲学史讲演录》《历史哲学讲演录》《美学讲演录》等。

※ 致南乃太

我亲爱温柔的南乃太：

您竟然这样迅速地给我回信，真使我感激莫名，您对我的信的奖誉，又实
令人羞愧难当。更加使我感激的是，承蒙您惠允，在我们相互远隔的情况下，代
之以通信联系。无情而又嫉妒的命运虽然把我们分开，但是我的想象力却战胜了
它，又把它从我夺去的一切夺还给我——您那温柔的音容，和那一切笔墨无法形

容的优雅举止。

有关我的状况，我对我的妹妹已经写得很详细了。我所想对您说的只是，我唯一的愿望就是可能有那么一个晚上，再聆听讲述有关修女雅奎林（Jaquelline）之类的故事。在我们的家庭里充满了使人舒畅而又绝非慵惰的气氛，所说的和所做的一切都是出自友情和善意。我想除了您之外，再也找不出另一个人，在这种情况下能处置得这样恰如其分。我尚乏知人之明，然而从人们相互对待的方式上，我还能无误地作出判断。在我所见到的人中，是找不到追慕圣阿列克赛那种简朴美德的人了，尽管在这里这种美德是有必要大大地加以提倡的。我甚至发现，人们觉得，树立圣阿列克赛这种榜样都是多余的。向鱼类布道的巴杜亚的圣安东尼，一定比在这里过着圣阿列克赛式生活还要取得更大的成就。经过慎重的考虑，我终于下定决心，对于这些人不再期待什么了，相反的是随波逐流，在狼窝里也就跟着学狼嚎。我要把阿列克赛式的简朴美德保留到命星把我带到堪察加和爱斯基摩人那里的时候。只有在那时候我才有希望通过我的榜样，使这些民族摒弃紧身胸衣、各种圈环之类的奢侈品。

周围的一切东西都勾引起我对您的思念，在我的床边挂着精美的手包，我的小桌的对面，由于我的仆人的安排悬着最令人喜爱的牙具袋。每一个"是"字都令我想起您那动听的音调，而我却还用我们施瓦本方言说"希"。不过自从我进了大城市，广见世面之后，也就用舌尖学着说"是"这样美妙的官话了。

若是有人，特别是我的枢密顾问先生，竟异想天开说您太调皮，我是一点儿也不能理解的。我敢斗胆为您做证，这些人完全是颠倒黑白，要把水说成是坚硬的，把羔羊说成是凶猛的，说江河要向上流，说树木要向下长。这里还有一座天主教堂，据我推想也许不止一座。我看到许多衣衫褴褛的教士到处奔跑。看样子他们比您经常向其忏悔的那位神父来要严厉得多。我想假如您在这里的话，是不会那样轻易地被放过的。和您本人比较起来，他们就更严厉得多，您对我就连一点处罚也未加就饶恕了。我深深地感到服务于上帝，在祈祷把自己的灵魂奉献美丽的玛丽亚圣像，这就是大弥撒所要做的。

祝您生活美满，我的女友。请以我的名义热烈地祝福和亲吻我的好友赛茨。可是，只许以我的名义，而不许用您自己的名义，出于您自己内心，以您自己的身份来做这件事情。若不然，在您当众说出自己的真情时，就难免要窘态毕露了。请代我向您的小妹多多致以感谢之忱，在我的情感上，这些感激比什么样的祝福都更为重要。不过按照人们的礼仪，应悉听您收信人的安排。请告诉令妹我对离开她感到十分遗憾。最尊贵的女友，祝您生活美满，请不要忘了您的真诚的朋友。

黑格尔

1797年2月9日

于法兰克福

二

我亲爱的女友：

首先请您予以宽容，希望您对长期没有给您写信且莫见怪，留待我自己来弥补罪咎。我唯一的希望是您能在斯图加特收到这封信，让它代表我再一次祝您生活美满，愿您诸事如意。由于您和我们的家相离得远了，对我似乎也就更生疏起来了。我可以想得出，您的离去将使我妹妹和另一些人感到难过。我是多么希望您的守护神能把您带到这个地方来啊！以前我太对不起您，不敢请求您把您将来的住址告诉我，只请您责成我的妹妹，把您所告诉她的消息立刻转告我。对于人们，您除了要求他们是个好人之外别无它求。然而，在您发现您的这种要求还不能完全达到的时候，您应设法使他们在自己身上互相以恶相报，而不要他们把恶的方面对着您。如蒙您和我继续通信，我将不胜感激，并且保证一定按时回信，以不辜负您的雅望。

我还记得横贯梅明根（Memmingen）的旅行，还记得所碰到的布满啤酒花园圃的那富饶美丽的地方。在伊莱（Iller）两岸您一定能找到一些美丽的所在。精神修养也是要关心的，我记得曾在一座弗兰西斯派修道院中停留过。我不知道，我是否应该说，我害怕，斯图加特新教牧师在您心灵上所播下的善良种子，在那里有被闷死的危险。也许，这种莠草在那里要被清除，我劝您至少要为自己制作一串念珠，准备着长期地自己进行祈祷，用语言和行动来证明对神圣事物的崇敬。

我在法兰克福又过着和世人一样的生活。我每周至少上一次戏院，最近我看了《魔笛》，这场戏的服装和布景都很华丽，只不过唱得却糟糕。明天将上演《唐·琼》，这个戏的音乐很吸引我。有位名叫施劳德（Schroder）的演员，他可能已经去过斯图加特，您很可能已经看到过他。这个演员特别在女观众中享有盛名。

我弟弟托我代他祝您百事如意，我也同样托您代我向您的可爱的小妹问候。愿您生活美满，我以您的友谊而深感荣幸。

您真诚的朋友

黑格尔

1797年3月22日

于美因河的法兰克福

司汤达

司汤达（1783—1842），原名马里一昂利·贝尔，法国小说家。

司汤达是19世纪法国现实主义文学的先驱，其代表作有为中国广大读者所熟知的《红与黑》《巴马修道院》《阿芒斯》《拉弥埃尔》等杰出作品。

※ 论爱情

我力求透彻地理解这样一种激情，其每一真实的发展阶段都具有美的特征。爱有四种不同的类型：

一、激情之爱，如葡萄牙修女的爱、爱洛伊丝对阿贝拉尔的爱、琴托的骑兵维塞尔上尉的爱。

二、趣味之爱，1760年前后在巴黎风行的爱。这一时期的回忆录和小说，比如克雷比庸、洛增、杜克洛、马蒙太尔、尚福、埃尔奈夫人等人的作品中，可以见到这种爱。

这是一幅别具一格的画图，画面上的一切，甚至阴暗部分，都染上了玫瑰色，任何令人生厌的东西，即有可能违反惯例、礼仪和风雅等虚伪的东西，在画中都没有位置。一个有教养的人预先了解他在这种爱情的不同阶段应该遇到并观察到的全部程序。由于这种爱没有任何热烈的、预料之外的东西，由于它总是情趣横溢，所以比实际的爱情具有更多的韵味。这是堪与卡拉奇兄弟的某一幅油画相比的、呈冷色的、漂亮的细密画。激情之爱会违背我们的兴趣，使我们失去自制力，而趣味之爱则总是恪守那些兴趣。当然，倘若你从这可怜的爱中去掉了虚荣心，趣味之爱剩下的东西就不多了，那就如同一个可怜的、步履艰难的虚弱病人。

三、肉体之爱。在狩猎中碰到一个在森林中逃遁的秀丽的农家姑娘。大家都熟悉这种以欢娱为基础的爱。无论你怎样冷漠、潦倒，你的恋爱生活也总会从十六岁时开始。

四、虚荣之爱。绝大多数男子，尤其是法国男子，希望有、并且也有一个为上流社会所欢迎的妻子，就如同有一匹漂亮的马，并视之为一个青年必不可少的奢侈品。虚荣心或多或少被激发起来，导致热情的产生。有时也有肉体之爱的成分，但情形不总是如此，甚至常常没有肉体的因素。肖纳公爵夫人说过，一个公爵夫人在一个小市民眼中绝不会超过三十岁。荷兰那位正直的国王路易宫廷的常客至今愉快地想起，海牙的一个漂亮女子，抵挡不住一个恰好是公爵或亲王的诱惑。但是，她忠于君主制的戒规，亲王一到宫廷，她就会把公爵打发出去。她好比外交使团显示资历的勋章。

这种庸俗乏味的关系中最幸运的情况是，肉体享受随习惯而增长。因此，回忆引起类似于恋爱的东西，其中存在着对自尊心的刺激和满足中的悲伤，浪漫传奇小说的气氛压得你喘不过气来。你还以为自己患了单相思，郁郁寡欢。这是因为，虚荣心总把自己当作巨大的激情。

然而有一点是肯定的，即无论哪一种爱都会使你感到快乐，而且这些快乐只会变得更强烈。

从精神开始振奋那一时刻起，就会激发起对快乐的回忆。在恋爱中，对曾经获得过，但后来得而复失的东西的回忆与大多数别的激情不同，前者总是显得高于你寄希望于未来的东西。

有时，在虚荣之爱中，习俗的影响和因找不到更好的东西而产生的失望也能导致一种最不引人注意的友谊，这种友谊甚至以它的牢不可破而自豪，等等。

虽然身体的快感是天生的，人人都体验过。但是，它在多情善感、激情澎湃的人眼中，只是居于从属地位。如果说，她们在客厅里被人嘲笑，或者因为上流社会的人的诡计而闷闷不乐，那么，她们却能领略那些为虚荣心和金钱而活着的人永远体验不到的快乐。

一些贤德而又温柔的女子几乎没有肉体快乐的概念。假如我随便用一句话来说，就是：她们很少获得这种快乐。激情之爱的狂喜实际上使人忘记了肉体的欢娱。

有一些男人有一种可怕的倨傲，即一种阿尔菲耶里式的倨傲的受害者和被利用者。这些人可能冷酷无情，因为他们像尼禄一样总是胆战心惊，按照他们自己的模式判断天下的男人。我认为这些人只有对他们欢娱的对象施行暴虐，才能获得肉体的快感。《于斯汀》中描写的仇恨就是如此。他们只有用这种方式才能获得稳定的感受。

当然，人们可以不把爱区分为四种不同类型，完全可以清晰地运用八种或十种不同的分类法，也可能有同样多的感觉方式和观察方式，但是，这些专门名词的差别不会改变下面的推理。接下去，我们可以看到各种爱情的产生、持续和消失，或者按同一种规律永远存在。

※ 论爱情的诞生

灵魂深处发生的是：

一、惊叹

二、自言自语："吻她，被她吻，多么快活呀！"等等

三、希望

考察恋人的种种优点：正是在这一时刻，一个女子会因为可能产生的巨大快感而委身。哪怕是最拘谨的妇女，在满怀希望的时刻，那双眼睛也是光彩照人，顾盼神飞；激情澎湃，喜气洋溢，一切都清清楚楚地表露无余。

四、爱情诞生了

爱是一种快感，是在尽可能亲近的接触中凝视、抚摸，以一切感官体会一个爱着我们的可爱人儿从而得到的快感。

五、第一次结晶开始

恋人往往用千种至善、万般至美来装饰他已赢得其芳心的女人而感到其乐无穷；志得意满地让幸福的细节在脑海里反复重演。结果，你会给她过高的评价，把她视为洁白无瑕的谪凡天仙，虽不完全了解她，但确信她属于你。

让恋人的头脑运作二十四小时，你就会发现：在萨尔茨堡盐矿，将一根冬日脱叶的树枝插进盐矿荒凉的底层，两三个月之后，再抽出来，上面就布满了闪闪发光的结晶；还不及山雀爪那么厚的最细小的嫩枝，都被数不清的钻石点缀得光彩夺目，熠熠发光；原来的枝条已辨认不出来了。

我所说的结晶，是指心灵的作用，心灵从眼前纷至沓来的万事万物中，又发现了钟爱对象身上新的优点。

一个旅行者在赤日炎炎的盛夏酷暑，在海边谈到热那亚附近橘树林中的荫凉——和她一起享受这种荫凉，那该是多么快活！你的一个朋友在狩猎时不慎摔断了胳膊，受到一个心爱的女子的照料，那该是多么快乐！总和她在一起，一直看她爱着你，几乎能减轻痛苦，从你的朋友的断臂出发，不再怀疑你的情人天使一般善良。一句话，仅仅想一想某一优点，就可以看出她身上你喜欢的种种优点。

我冒昧称之为结晶的这种现象，是自然的一种产物（它注定会使我们感到快乐，热血冲向头脑），是感觉的一种产物（感觉自己的快乐随着钟爱对象的优点而增长），也是观念的一种产物。这种观念就是："她是我的。"野蛮人只走到第一步，没有机会再往前面走。女人只感到快慰，而男人却把大脑的精力用于追赶逃往森林的鹿，因为有了鹿肉，他可以尽快地恢复体力，免得落入对手的板斧之下，惨遭杀戮。

在文明的另一端，我不怀疑，一个多情善感的女子能达到这一点：只是在她钟爱的男子身旁她才能得到身体快感。这是与野蛮人迥然不同的。但是在开化民族，女子无所事事，而野蛮人却忙忙碌碌，他被迫把自己的女人当作一头役畜来使唤。如果说许多雌性动物更为幸运，那只是因为雄性动物的食物供应更为可靠。

我们还是避开森林不谈而重谈巴黎吧。坠入情网的人可以在他所钟情的女子身上看到各种优点；纵然如此，他的注意力仍会分散，因为对于一切单调的东西，哪怕是完美的幸福，心灵也会感到疲倦，下面是随后发生的、吸引人们注意力的事。

六、怀疑产生了

凝视了十来次，或者进行了一连串别的活动，鼓舞起并加强了恋人的希望。恋人在第一次惊叹之后，对自己的幸福已经习以为常，或者受那种一直建立在最常见的现象之上，仅仅涉及轻佻女子的理论指导，依我看，恋人要求自己的幸福具有更确凿的爱情来保证，试图使自己的幸福往纵深发展。

如果他显得太有把握了，就会面临冷冷淡淡、漠不关心、甚至怒气冲冲的局面。在法国有一句话含有讥讽之意："你以为自己本事大着呢。"一个女子的举止就是如此，她或者从一时的迷醉中苏醒，听任着怯心理的支配，深怕伤害它，或者仅仅由于谨慎或轻佻而战战兢兢。

恋人开始怀疑他自己憧憬的幸福，他要求对自己希望的根由进行严格的检验。

他决定以其他的人生乐趣来安慰自己，可是发觉这些乐趣对他已不复存在了，他受到一种面临严重灾难的恐惧感的袭击。于是，他的注意力又集中起来。

七、第二次结晶

这一过程的结晶体就是确认这种观念：她爱我。产生怀疑的那个夜晚，恋人每时每刻经历着可怕的痛苦。随后，他又自言自语道：是的，她爱我。于是他发现了新的魔力。尔后，怀疑再度向他袭来，他突然一动不动。他顾不上喘一口气，询问自己：可她真的爱我吗？在痛苦和愉快交替出现的思考中，这个可怜的恋人越来越肯定这一点：她会给我带来快乐的，全世界只有她一个人才能够给我这种快乐。

这是显而易见的实情，仿佛是一条通路，一边是骇人的深渊；另一边则是伸手可及的极乐至福。它表明，第二次结晶比第一次结晶境界高得多。

恋人的思想在这三种观念之间不断地徘徊：

一、她完美无缺；

二、她爱我；

三、如何才能获得证明她爱我的最有力的证据。

尚未成熟的爱情最令人断肠的时刻就是，你发现自己作了虚假的推理，整个结晶体就会毁于一旦。你就开始怀疑整个结晶过程。

（刘阳 译）

欧文

华盛顿·欧文（1783—1859），美国第一位闻名欧洲的作家，有"美国文学之父"之称。
欧文最为流传的作品无疑是《见闻札记》（1820），
写的是令人着迷的乡村风光和传说趣闻，
其中《瑞普·凡·温克尔》和《睡谷的传说》等都早已成为家喻户晓的故事。
欧文晚年为他所尊崇的名人写了几本传记，
其中最重要的是三卷本的《华盛顿传》（1855—1859），于逝世当年完成。

※ 妻子

深贮的财宝，怎能比

女人对男人爱恋之情

所隐藏的慰藉更为珍贵？

每当我走近家门，幸福的气息令人陶醉，

家庭的温暖甜蜜，

紫罗兰花香也只有惭愧。

——米德尔顿

我常有缘目睹妇女们身处逆境时所表现出来的坚忍不拔的气概。那些能摧毁男子汉的意志并使其一蹶不振的灾难，唤起的却是柔弱女性异乎寻常的力量，使其变得如此之无畏与崇高，以至于有时达到令人肃然起敬的程度。世间没有比窥见这样一位娴静、温柔的女性更使人动情的了！在荣华富贵面前，她曾是那么纤弱和顺从，对于每一个极其细微的粗暴举动曾是那样的敏感；然而，在灾难临头时，她却突然间迸发出精神力量，成为她丈夫的安慰者和支持者，以毫不退缩的刚强不屈抵挡着逆境中最剧烈的冲击。

宛如藤蔓，以它优雅的簇叶天长日久地顺着橡树的躯干盘桓而上，凭借橡树的托举而沐浴着阳光；而当这坚实的树木突遭雷电轰击时，它就用自己温柔、抚爱的卷须笼络着那被轰击得七零八落的枝条。上苍也正是如此美妙地安排了女性：她们在男人寻欢作乐时仅仅是他们的玩具和附属品，而在突如其来的灾难面前却成了他们的精神支柱和慰藉；她们巧妙地潜入男人严酷内心的深处，满怀柔情地支起他们因绝望而低垂的头，弥合他们因忧伤而破碎的心。

有一次，我曾祝贺一位友人家庭美满，全家人相亲相爱，情深意切。此时他也热情洋溢地说道："我希望你有位伴侣和孩子，这是我唯一的祝愿。当你一帆风顺时，他们会与你同享欢乐；而当你倒运时，他们会给你慰藉。"事实也确是如此。据我个人观察，已婚的男子比单身汉更容易从困境中解脱。部分的原因固然是由于那些依靠其生活的、孤弱寡助的亲人们在激励着他去搏击，然而更重要的缘由则是他从家庭的温暖中得到了精神上的安抚和宽慰；当周围充满着黑暗和羞辱时，他发现自己的家庭这块小天地里却飘溢着情爱，他依然是一家之主。这使得他保持着自尊。而单身汉则容易自轻自贱，虚度人生；他总觉得自己只身孤影，被人遗弃，觉得自己的内心像一座需要有人居住而如今却被弃而不用的大厦，随时都会倒塌陷落。

这些观察使我联想起我曾亲眼所见到的一个家庭的小故事。我的挚友莱斯利和一位容貌俊俏、才华横溢、在上流社会长大成人的千金小姐缔结良缘。事实上她并不富有，而我的友人却腰缠万贯。他满怀喜悦地期待着能让妻子尽情分享人间一切高雅的欢乐，使她得以增添那些能充分表现出女性的魅力的高尚情趣和爱好。"她的生活"，他说道，"将如同神话一般。"

正是由于性格上的迥异，使他们之间产生了一种互为补充的结合：他，罗曼蒂克，神情略显严肃；而她，浑身散发着活力与欢乐。我时常注意到，当她活泼的魅力给人们带来欢乐时，他总是在大庭广众中以无言的狂热凝视着她；而她，也总是在众人的赞许的目光中，将自己的视线瞟向他，似乎只有从那里才能寻觅到爱宠和嘉许。她偎依着他时，她那苗条的身段与他男性的魁梧身躯形成了绝妙的对照。她那多情、信赖的目光唤起了他洋洋自得的自豪感和珍贵的柔情蜜意，似乎由于她的娇小柔弱才使得他十分溺爱她——这个额外的但又是令人可爱的负担。从来还没有一对伉俪能像他们那样在早期美满姻缘的繁花似锦的道路上展现出如此美妙幸运的前程。

但是，似锦的前程却突然面临厄运。在婚后不到几个月，他将财产用于大宗的投机生意上，在遭到一连串突如其来的灾难后，他发现自己如遭洗劫，变得身无分文了。在一段时间里，他对自己的这种境遇一直守口如瓶。他形容枯槁，愁肠寸断。每日里处于一种持续的煎熬之中。更使他难以忍受的是必须在妻子面前强作笑颜，因为他不忍心让这消息使她茫然不知所措。然而，她以深情的敏锐的目光觉察到了丈夫的异样神态。她留意到他神态的变化以及他那被抑制住的叹息；她没有被丈夫勉强装出的不自然的快乐表情所蒙骗。她竭力以自己的勃勃生气和脉脉含情给他带回失去的快乐。但这一切只能更加刺痛他的心。他愈是觉得爱她，就愈加被一种即将给她带来不幸的念头所折磨。"再过片刻，"他想道，"笑靥将从她的脸上消失，歌声将从她的嘴边逝去，她那双眸中闪烁的光芒将因失望而泯灭，她那颗在胸中轻轻搏动的快乐的心，将如同我的心一样，被人世间的忧虑和苦痛所绞痛。"

一天，他终于找我来了。他以深深的绝望语调对我诉说了他的全部遭遇。听后，我发问道："你妻子知道这一切吗？"一句近乎情理的话竟使他声泪俱下。"看在上帝的分上！"他呼号着，"如果你对我还有丝毫怜悯之心的话，请别提起她吧。一想到她，我都快给逼疯了！

"可为什么你不告诉她呢？"我说道，"迟早她总会知道的。你总不能永远瞒着她。倘若不是由你本人亲自告诉他，那她一旦得悉后会更感如雷轰顶。因为亲耳听到自己所钟爱的人的声音会使噩耗得以减轻。况且，你那样做无异于拒绝她的同情与宽慰。不仅如此，你还在破坏沟通你俩心灵的唯一纽带——思想和感情方面的毫无保留的协调一致。她很快就会觉察到你暗中正被某种事情折磨着，而真正的爱是不容许有所保留的。一旦得知所爱慕的人连痛苦都向自己隐瞒着，她会感到见外，从而觉得怅然若失。"

"哦，可是，我的朋友，请想想吧，对她讲她的丈夫成了一个不名分文的穷光蛋，这将给她对未来的憧憬带来多么巨大的打击！难道告诉她摒弃生活中一切高雅豪华的东西，拒绝社会上一切的欢欣快乐，而去和我一起龟缩在困顿和沉默的角落里！难道让我告诉她，我已把她从本可以平步青云的圈子里拽出来——她可是人们眼中的明星，众人心目中赞美的对象呀！

她怎么能忍受住穷困和潦倒。她是在富裕、高雅的环境中成长起来的，她能经受他人的冷眼吗？她曾是世人崇拜的偶像。啊！这会使她心如刀绞——心如刀绞呀！

我看到他的悲伤是深沉的，便任其尽情倾诉衷肠，因为吐露真情能缓解哀愁。发作平息后，他便陷入了一阵忧郁的沉寂中，而我则小心翼翼地重提原先的话题，催促他立即向妻子诉说真情。他神色哀伤，无望地摇了摇头。

"可是你怎么能对她保密呢？她必须了解情况，你们也要对急转直下的境况采取适当的措施，你们还要改变生活的方式，而且——"我察觉到他的脸上掠过一丝痛苦的表情，"不要再为此烦恼了。我相信你并没有把幸福建立在炫耀门面上一你有许多朋友，热心肠的朋友，他们不会因为你寓所简陋而小看你，况且，也不是你和玛丽要住在宫殿里才有幸福可言吧——"

"就是住在草舍茅屋里，我和她也会幸福的，"他痉挛地喊道，"我会和她在贫困中同舟共济的，我会——我会——上帝保佑她——上帝保佑他！"他号叫着，满怀着悲怆和爱抚的激情。

"相信我吧，我的朋友"，我说道，一边走近他并紧紧地握住他的双手，"相信我的话，难道她不会和你一样吗？啊，也许远非如此哩。这境遇会成为她自尊和自立的源泉，唤起她潜藏着的智慧力量和炽热的同情心，她会兴高采烈地向你证实她所爱的人正是你。在每个真正的女性心中都有一束神圣的火种，它在阳光普照的白昼里隐而不露，而在逆境的黑暗中却大放光芒。没有任何男人敢说自己了解自己的妻子，直至和她一起历尽了人世沧桑的磨炼之后，他才会忽然有所领悟。"

我的态度和借喻的语言所内含的某些恳切的情愫激发起了莱斯利激越情感的想象力。我深谙眼前的这位听众，于是便趁热打铁，在谈话结束前劝说他回家向妻子倾吐心声。

必须承认，尽管我说了一大堆，但效果如何，内心还是不无隐忧，谁能预料一个过惯养尊处优生活的女人对此会怎么样呢？她那寻欢作乐的思想也许会对突如其来的低贱羞辱的黑暗沉沦之途深深反感，而对于那些至今还津津乐道的美好往事则会念念不忘。此外，在上流社会中随着破产接踵而至的众多苦恼和屈辱，对其他社会阶层来说是鲜为人知的。翌日清晨，我与莱斯利再次晤面时心里还惦记着这件事。可是，他居然已经对她和盘托出了。

"她的态度如何？"

"如同天使一般！如释重负。当时她双臂搂着我的脖子，探问这是否就是使我一向来郁郁寡欢的全部事实所在。可是，这可怜的人儿，"他接着说道，"她无法意识到我们必须经历的变迁；她甚至不知贫困为何物。她对它只有抽象的理解。她只在诗中读到过这个词，而且总是与爱情紧相联系。她尚未感到贫困的存在，还未因失去自己早已习以为常的诸多方便和豪华考究而身遭其难。只有当我们切身体验到穷困所带来的烦人琐事、不足以赖以生活的物质条件和某种褊狭的羞辱时，才算真正的考验哩。"

"但是，"我说道，"现在你既然已经完成了如何透露给她听这一最棘手的事，那么尽早让世人悉知此事，未必不是上策。说明真相可能会给你带来耻辱，但这毕竟只是一时的痛苦，它很快就会过去；否则你会在无休止的期待中饱受熬煎。对于一个破产的人来说，折磨他的往往不是贫困本身，倒是装腔作势。这是一颗矜持的心同一个空荡的钱包之间的矛盾——是一个很快就会被人戳穿的把戏。只有面对穷困，你才能寻觅到摆脱其境况的锐利武器。"这时，我发现莱斯利已一切就绪，严阵以待。他本身的虚伪自尊已一扫而光，而他的妻子呢？也只等着去适应业已变化了的命运。

几天以后的一个晚上，他拜访了我。他已处理了原先的寓所，而且买下了离城几英里远的一座乡间农舍。他花了一整天的时间把家具打发停当，他的新居只需几件最简单的家具。除了妻子的竖琴以外，他旧居的华丽家具都变卖一空了。他说，竖琴与他妻子关系甚为密切，简直情同手足。这中间还蕴涵着他俩爱情的一段小故事，当初他们恋爱时的一些最甜蜜的时刻就是在竖琴旁度过的：他一边依着这乐器，一边聆听着她那优美动人的歌声。对于一位溺爱妻子的丈夫的这种罗曼蒂克的殷勤劲儿，我只有报之一笑。

此刻他正打算返回农舍，他的妻子张罗新居已忙了整整一天了。对于这个家庭故事的发展，我已萌生浓厚的兴趣，况且夜色又是如此美好，于是我主动要求陪他一道回去。

一天的劳顿使得他精疲力竭。当他走到外面时，便陷入了一阵忧郁的沉思之中。

"可怜的玛丽！"他最终启齿道，随着发出一声长长的叹息。

"她怎么了？出了什么事情了吗？"我问道。

"怎么？"他不耐烦地瞥了我一眼，"陷入眼下这般卑微的田地，难道真能若无其事吗？——

要知道她是关闭在一个可怜的小农舍里——在那龌龊的地方没命地干那些下贱的活计呀！"

"那么她对这一境况的变化发过牢骚啦？"

"发牢骚？她惬意得很，情绪好极了！说实在的，她看上去比自我认识她以来的任何时候情绪都要高涨；她对于我，就是爱，就是温存和宽慰！"

"一个令人钦佩的姑娘！"我感叹道，"你自称穷光蛋，我的朋友，可你从未这般富有——你可知道在这女人身上所拥有的是取之不尽的美德财富。"

"唔，可是，我的朋友，如果今晚这第一次在农舍有客人来会见，一切顺利的话，我想我就可以放心了。今天可是她真正有所体验的第一天；她已被带进一个寒酸的住处——为安排那些粗劣的家什，她整整忙碌了一天——她平生第一次尝到了家务劳动的艰辛——她第一次环顾一个没有任何摆设的家——几乎没有东西可为人提供便利的家；兴许这当儿她已疲惫不堪，无精打采地一屁股坐在哪个角落，正为将来的困顿前景而发怵哩。"

我因无法反驳出现他所描绘的这一幅画面的可能性，所以我们两人都不知不觉地放慢了步子，缄默不语地走着。

我们从大路拐入一条狭窄的小道，小道被浓密的树荫遮蔽着，笼罩在一片完全与世隔绝的气氛之中。在我们的前方出现了那座农舍，其外表即使对于最有田园派风格的诗人来说，也嫌过于寒碜；但在我看来，倒也有其可爱的乡村韵味。一株长着茂盛簇叶的野生常青藤爬满农舍的一侧；几棵树木的枝丫优美地掠过屋顶；我觉察到在门旁和房前的草地上摆放着盆花，颇有一番典雅风味。在一个小小的边门里面是一条穿过灌木丛的曲折迂回的羊肠小道，直通房门前。当我们刚走近农舍时，里面传出了音乐声——莱斯利抓住了我的胳膊。我们驻足倾听，那是玛丽的歌声！她吟唱着，歌声婉转、动人，是一首她丈夫格外喜爱的小调。

我感觉到莱斯利放在我臂上的手在颤抖。为了听得更真切，他移步向前。他的脚步在沙砾上发出了声响。这时一张妩媚俏丽的脸庞在窗口闪现了一下，旋即就消失了——传来轻盈的脚步声——接着玛丽迈着轻快的步伐前来迎接我们：她身着一条漂亮的乡村白裙，秀发上缀有几朵野花；她双颊红润清新，笑容可掬——我还从未见过她如此动人可爱哩。

"我亲爱的乔治！"她喊道，"你可回来了，我真高兴！我一直在盼啊，盼啊，我还跑到路上去迎接你。我在房后的一株美丽的树下摆了一张桌子，还采摘了一些最鲜美的草莓，我知道你喜欢吃草莓——再说我们的奶酪可鲜美了。这里的一切真是太美好，太宁静了——啊！"

她说着，一面挽住他的手臂，喜气洋洋地盯着他的脸，"啊，我多么快活！"

可怜的莱斯利被征服了。他一把拽住她，将她抱到自己的怀里，一遍又一遍地亲吻着她——他语塞了，泪如泉涌。他后来对我说，他往日的境遇虽然好，也确曾有过美满的生活，然而，像这样幸福的时刻却是过去从未有过的。

（李长兰 译）

叔本华

亚瑟·叔本华（1788—1860），德国哲学家，唯意志论的创始人。
主要著作《作为意志和表象的世界》。

※ 论情爱

　　情爱不仅在戏剧小说中表现得丰富多彩，而且在现实生活中也是丰富多彩
的。它是除生命冲动之外，最强大、最有力的活动了。它占据人类青春期这段黄
金时代的一半时间，耗费他们的思想和精力；它也是人类终生梦寐以求的。它会
延误大事，中断最认真的工作，有时，甚至使最伟大的思想家也时时眩惑不已。
它会大摇大摆地闯入政治家的会堂和学者的书斋。在情爱上的纠葛，可以酿出最

恶毒的事件，拆散最亲密的父子友情，冲破最牢固的樊围。有时候，人们不惜牺牲生命、健康、地位、财富，以追求情爱。在某些地方，它还会让诚实者撒谎、忠笃者背信。不论是以喜剧还是悲剧出现的情爱事件，它所追求的目的，都较人生其他目的更为重要。因为人们追求此目的时总是全力以赴、积极认真，它是决定着"下一代"的命运的重大事件。这个事件，同其他一切事件一样，个人的不幸和幸福是次要的，关键是未来人类的生存和他们的特殊气质，这是高于个人意志的"族类意志"。

爱情的主要目的，不是爱的交流，而是相互占有，即肉体的享乐。纯洁的爱若脱离肉体的爱，是无法维持和保存的。落到这般境地的人，多半是以自杀了却一生。

恋人之间的感情日增，不过是企望产生一个新的个体这种"求生的意志"使然。

就本性上看，男人的爱情易于改变，而女性则倾向于从一而终。男人在爱情获得满足后，便精神萎靡不振，同时，总觉得妻子是别人的好，觉得其他女人比其妻子更富魅力。质言之，男人渴望的是见异思迁。而女人若得爱情之满足，则情感日笃，这实质上是自然本身的目的使然。自然的根本原则是维系种族延绵，尽可能地生儿育女。如果男人可以随意与不同的女子交合，一年内造出百十来个子嗣不成问题。但女人无论如何，一年只能生育一子（双胞胎除外）。所以，男人需要更多的女人，而女人则必须厮守住一个男人。

人在堕入情海的时候，往往表现出滑稽可笑、甚或悲剧性的情境。这是因为他们已丧失其本来面目，而受族类的精神所支配。他们的行动遂与芸芸众生大不相同。当恋爱向纵深发展时，人的思想不但表现出一些充满诗意的色彩，而且也带着一些崇高的气质，有一种超凡脱俗的倾向。若能达到恋情之高峰，人的想象中即会放射出灿烂之光辉；如果中途受挫，他们就会顿觉人生无望、生活毫无乐趣，甚至生命本身也没有什么使人留恋的了。所以，对生的厌倦遂压倒了对死的惧怕，不知不觉中便加速了死亡过程。

倘我们极目眼前那一片纷纭繁复的人生，就会看见，芸芸众生们不是陷于穷困和烦恼，就是抱怀一腔贪得无厌的欲望。虽然人们各尽其能以摆脱各式各样的烦恼，但除了使这个烦恼着的个体继续存在下去之外，不可能有其他办法。然而，就在这乱哄哄毫无意义的人生中，我们仍可以看见男男女女们互送秋波、暗传私情。不过，你们可知道，他们的眼光为何总是躲躲闪闪、羞羞答答？这就在于，他们实质上把自己看作是对人生的背叛；他们使所有本来应当结束的贫困和苦难又人为地遗传下去。他们仍将继承他们祖先的家传，去揭开另一场人生的戏幕。

（李小兵 译）

格里姆凯

萨拉·格里姆凯（1792—1873），美国废奴主义者和女权活动家。
她于1836年发表第一本小册子《致南方各州教士书》，强调奴隶制与基督教的矛盾，
以上帝的造物应该平等为基本出发点，反对种族歧视和奴隶制。
1838年，她又发表《论两性平等之信札》，同样以人生而平等的思想为根据，
反对男性对女性的压迫。

※ 论两性平等之信札（选录）

第八封信

……现在我拟就我自己国家的妇女状况发表一些议论。

在我生活的早年，我的命运与"时髦"社会的轻浮的人连在一起。有关这一阶层的妇女，我出于经验和观察不得不说，她们的教育是欠缺的可悲，她们所受到的教诲，就是把婚姻看作唯一的必需之事，看作通向名望的唯一途径，因而凭

着她们的外表的魅力，以吸引男人注意，赢得男人的殷勤，也就成了时髦姑娘的主要任务。她们很少想到，男人会被智力上的技能所吸引，因为她们发现，在凡是存在着脑力优势的地方，妇女一般是退避三舍，并看作是迈出了她的"适宜的领域"之外。在她们看来，她的"适宜的领域"是身着盛装，参加舞会，尽可能地展示出她的优势，阅读在杂志上泛滥成灾的小说，那些小说最大的作用，就是毁灭她作为一个明事理的人的性格。时髦妇女把自己看作漂亮的玩具或者不过是使人愉快的工具，而且男人也对她们作如是观；对妇女的这种错误的、贬低的估价必然造成头脑的空虚、无情和轻浮，而这一切又只有那些与时髦生活的愚蠢和邪恶混在一起的人才能充分予以理解……

在这个国家还有另外一个人数多得多的阶层，她们由于所受的教育和境况而退出了时髦娱乐的圈子，但她们又是受这种危险而又荒诞的观念教育而成长起来，即婚姻是一种升迁，而且能够保住丈夫的房子，并且使他的处境舒适，就是她的存在的目的。她所做、所说、所想的大量的事情，皆与这个状况有关，而且依姑娘们的理解，结婚过于经常地被显示为人的幸福和人的存在的绝对必要的条件。我确实以为，大多数姑娘们正是为了这个目的而不是其他而受到训练。这一点见诸于所给予她们的不完善的教育，见诸于她们在离开学校后并没有做出多少努力以修养心性，见诸于容她们阅读的时间之少，并且见诸于这种不断被反复灌输的观念，即尽管在特定的时期也应严格而准时地致力于所有家务事，但她们的智力能力的改善却只是一种次要的考虑，并且可以用作填充零星的时间的一种职业。在大多数家庭，与打断一个姑娘的学习相比，在她做馅饼或布丁时把她喊走则被认为是一件更为重大的事情。依她们的理解，这种样式的训练对动物性的作用的强调，必然超过了对智力性和精神性的作用的强调，并且教育妇女把自己看作一种机器，是使家庭机车良好运转之必需，但是作为男人的有智慧的同伴却没有多少价值。

请不要因为这些议论就以为，我认为家庭主妇的知识不屑由妇女来获得。绝非如此：我认为，家务方面的完整知识是妇女教育中不可或缺的部分——一个家庭的女主人，不论是已婚的还是单身的，如果彻底而又有才智地履行职责的话，那么家庭的幸福就会增加到极大的程度，而且也会节约大量的时间和金钱。我所抱怨的一切就是，我们的教育几乎完全是以烹饪和其他的手工操作构成。我渴望这样的时刻的到来，那时妇女不必再花费这么多宝贵的时间为"已摆好的桌子"提供饭菜，而是她们的丈夫将会放弃他们所习以为常的一些特权，鼓励他们的妻子们花费一部分时间用以修养心性，即使是以有时候用烤土豆或黄油面包当饭为代价……

人们承认，妇女对不论男孩还是女孩的智力和性格的影响，都要远远大于男人。既然造化的安排就是如此，那么妇女就应该通过教育为行使她们作为母亲和姐妹的神圣责任而做好准备。

认为女人劣于男人的普遍看法还以另外一种方式被展现出来，它对劳动阶层产生了巨大的影响，而且确实影响了所有不得不去赢得生计的人，不管这谋生靠的是脑力还是体力——我指的是在男人和女人的时间和劳动上所确立的不成比例的价值。我以为，一个从事教学的男人总是能够得到比女人高的讲授费——即使他教的是同一个学科，而且并没有在任何方面比那个女人高明。我知道，寄宿学校是这种情况，我所熟悉的其他学校也是这种情况，而且不分性别所从事的每一种职业也是如此。例如，在裁制衣服中，男人做一件背心或者一条裤子的所得，会是女人的两三倍，尽管每一件的质量可能是同样优良。在那些专门由妇女从事的职业中，她们的时间被估量为只有男人的一半的价值。一位外出洗衣的妇女，她工作起来在程度上和一位锯木工人或者司炉工人一样努力，但她却通常不能为一天的工作挣得一半以上的工钱。妇女做工作所获得的低酬金已引起了几位慈善家的注意，我希望它会继续引起注意，一直到这个巨大的邪恶得到纠正。……从这一并非根据圣经的观念中还产生了一种更为灾难性的后果——妇女从幼年就受到的教育是把自己看作低人一等，因而也就没有自觉的平等而产生的自尊，这样一来，当她们的贞操遭到攻击时，她们温顺地向诱惑屈服，其观念就是，与一位高己一等的人结合是抬高了自己，而不是贬低了自己。

在这个国家还有一个阶层的妇女，我提起她们时不能不感到极度的羞耻和悲伤。我指的是我们的女性奴隶。我们的南方城市为一种污染的潮水所淹没，女奴隶的贞操完全在不负责任的恶霸的掌握之中，而且妇女在我们的奴隶市场被买卖，以满足那些具有基督徒名声的人的兽欲。在我们的各蓄奴州，如果在她的所有贬黜和无知当中，一个妇女希望保持她的贞操，那么她不是被收买而变得顺从，就是被鞭答而变得顺从；而如果她竟敢于抗拒她的引诱者，那么根据一些蓄奴州的法律，她的生命就可能成为狂怒的、失望的、激情的牺牲品，而且实际情况即是如此。在没有这种法律的地方，那种必然授予主人凌驾于其财产之上的权力，也就使得无防御能力的奴隶完全处于他的摆布之下，而由于这个缘故，一些女性在肉体和精神上所受的苦难也就是极度的。1832年，戈尔森先生在弗吉尼亚州议会下院说道，"他确实觉得他拥有他的奴隶。日前他购买了四个妇女和十个孩子，他觉得买了很便宜的货物，因为他以为她们是他自己的财产，就像他的传种母马是他的财产一样。"昔时雅典有保护女奴隶的法律，但是即使美国有保护女奴隶的法律，这种法律也等于零，因为在蓄奴州的任何法庭里，有色人针对白人的证词是不被承认的。"在雅典，如果一个女奴隶有理由针对对礼仪法律的不尊重而提出申诉，她便可以寻求神殿的保护，并且要求更换主人，而这种要求从来都能得到支持，也不会被地方官员所漠视。"在信奉基督教的美国，奴隶却没有躲避不受约束的残酷和淫欲的避难所。

　　S.A.福洛尔在谈到南方的道德状态时说道，"女黑人在年轻和可能的情况下，往往被种植园主或其朋友所雇佣，以满足他们的肉欲。这常是种投机买卖的事，因为如果一个黑人与白人的混血儿是位漂亮的女性，那么在新奥尔良的市场上就可把她卖掉而赚得八百或者一千美元。一位基督徒父亲卖掉自己的女儿或者哥哥卖掉自己的妹妹，并不是罕见的事情。"……有关女奴隶的贬黜以及南方的淫荡，证据数量巨大，我只是在从中抽出一条证据而已。它见于肯塔基联盟的通告，该通告为的是对有色种族在道德和宗教上进行改善。"我们提到我们的黑人当中女性的名声时，不能不感到最痛切的耻辱。一种类似的道德污染和对纯洁又有德行的声望的全然无视的状况，只是在信奉基督教的地区的范围以外才会见到。这样一种社会状况居然存在于一个自称是世界上最为开明的信奉基督教的国家，尽管这种社会状况就在我们的眼前，存在于我们的家庭之中，却又没唤起对它的存在的任何特别的注意，实是一种既不可思议又不光彩的道德现象。"深受其害的不仅仅是有色妇女，白种妇女的道德纯洁也被深深玷污了。她日常习惯于看到她的沦为奴隶的姐妹毫不犹豫或毫不懊悔地牺牲自己的贞操，因而在看待诱奸和不正当的性交的罪行时也就没有恐惧感，尽管她本人并没有卷入这个罪恶，她却丧失了对她本人身上的清白的那种珍视，并丧失了对另一性别的清白的那种珍视，而那种珍视正是对贞操的一种最强大的保护。她生活在与男人的习惯性的性交之中，她知道男人已经被淫荡所污染，而且在她自己的家庭圈子里，她经常不得不目击那些令亚伯拉罕的家庭丢脸且又混乱的令人作呕和沮丧的嫉妒与不和。除了所有这些以外，女奴隶还蒙受最为任性的野蛮所能给予的每一种贬黜和残酷，她们被下流地剥掉衣服，有时被捆绑起来重重鞭打，有时匍匐在地上，同时她们的裸体被施重刑的鞭子所撕裂。

"鞭子抽在女人的退缩的肌肤上！

对她的鞭笞带来温暖又新鲜的血污，

把我们的土地染得通红。"

难道美国妇女看见这些令人震惊的淫荡与残酷的景象，还能冷漠地又着手说，"我与奴隶制毫无干系"吗？她不能够辞其咎。

在结束这封信之前，我还需说，从我所提倡的有关两性平等的见解中，男人和女人都会获得利益。现在许多妇女无所事事，挥霍奢侈，靠着她们的丈夫、父亲或者兄弟的勤劳为生。她们的丈夫、父亲或者兄弟不得不在账房、印制所或者某个别的辛苦的职业中苦于谋生，而妻子、女儿和姐妹却并不参与支撑家庭；而且给人的印象是，她们以为她们唯一的职责就是花掉她们的男性朋友所费力挣得的工资。对这样一种状况我深表遗憾，因为我相信，倘若妇女感到她们对维护自己的生计或支撑家庭负有责任的话，就会给她们的性格增加力量和尊严，就会教育她们懂得比现在所普遍表现出的更为真实的对她们的丈夫的同情——这是一种不仅用言语而且也用行动展示出的同情。我们的兄弟可能会抵制我的信条，因为它与通常的见解相悖，因为它伤害了他们的骄傲，但我相信，他们会成为由两性的平等所带来的"利益的分享者"，他们会发现，作为有道德有智力的人，妇女若是与他们平等的话，就会比低他们一等更有价值，这是不言而喻的。

你的处于女性的束缚之中的

萨拉·M·格里姆凯

1837年

于布鲁克莱恩

（王义国 译）

雪莱

珀西·比希·雪莱（1792—1822），英国诗人、评论家。
1792年出生于苏塞克斯郡一个乡村地主家庭。雪莱的主要作品有：《仙后麦布》
《莱昂和西丝娜》（又名《伊斯兰的反叛》）《解放了的普罗米修斯》《西风颂》等。
雪莱散文主要是文学评论和游记。
前者有《诗辨》，其结论部分的三段以诗一般的语言盛赞诗歌。
雪莱的散文始终保持着抒情诗般的韵味，具有明快的节奏感。

※ 论爱

什么是爱？要回答这个问题，让我们先问那些活着的人，什么是生活？问那
些虔诚的教徒，什么是上帝？

我不知其他人的内心结构，也不知你们——我正与之讲话的你们的内心；
我看到在有些外在属性上，别人同我相像；惑于这种形似，当我诉诸某些应当共
通的情感并向他们吐露灵魂深处的心声时，我发现我的话语遭到了误解，仿佛它

是一个遥远而野蛮的国度的语言。人们给我体验的机会越多，我们之间的距离越远，理解与同情也就越离我而去。带着无法承受这种现实的情绪，在温柔的战栗和虚弱中，我在海角天涯寻觅知音，而得到的却只是憎恨与失望。

你垂询什么是爱吗？当我们在自身思想的幽谷中发现一片虚空，从而在天地万物中呼唤、寻求与身内之物的通感对应之时，受到我们所感、所惧、所企望的事物的那种情不自禁的、强有力的吸引，就是爱。倘使我们推理，我们总希望能够被人理解；倘若我们遐想，我们总希望自己头脑中逍遥自在的孩童会在别人的头脑里获得新生；倘若我们感受，那么，我们祈求他人的神经能和着我们的一起共振，他人的目光和我们的交融，他人的眼睛和我们的一样炯炯有神；我们祈愿漠然麻木的冰唇不要对另一颗心的火热、颤抖的唇讥诮嘲讽。这就是爱，这就是那不仅联结了人与人而且联结了人与万物的神圣的契约和债券。我们降临世间，我们的内心深处存在着某种东西，自我们存在那一刻起，就渴求着与它相似的东西。也许这与婴儿吮吸母亲乳房的奶汁这一规律相一致。这种与生俱来的倾向随着天性的发展而发展。在思维能力的本性中，我们隐隐绰绰地看到的仿佛是完整自我的一个缩影，它丧失了我们所蔑视、嫌厌的成分，而成为尽善尽美的人性的理想典范。它不仅是一帧外在肖像，更是构成我们天性的最精细微小的粒子组合。它是一面只映射出纯洁和明亮的形态的镜子；它是在其灵魂固有的乐园外勾画出一个为痛苦、悲哀和邪恶所无法逾越的圆圈的灵魂。这一精魂同渴求与之相像或对应的知觉相关联。

当我们在大千世界中寻觅到了灵魂的对应物，在天地万物中发现了可以无误地评估我们自身的知音（它能准确地、敏感地捕捉我们所珍惜、并怀着喜悦悄悄展露的一切），那么，我们与对应物就好比两架精美的竖琴上的琴弦，在一个快乐的声音的伴奏下发出音响，这音响与我们自身神经组织的震颤相共振。这——就是爱所要达到的无形的、不可企及的目标。正是它，驱使人的力量去捕捉其淡淡的影子；没有它，为爱所驾驭的心灵就永远不会安宁，永远不会歇息。因此，在孤独中，或处在一群毫不理解我们的人群中（这时，我们仿佛遭到遗弃），我们会热爱花朵、小草、河流以及天空。就在蓝天下，在春天的树叶的颤动中，我们找到了秘密的心灵的回应：无语的风中有一种雄辩；流淌的溪水和河边瑟瑟的苇叶声中，有一首歌谣。它们与我们灵魂之间神秘的感应，唤醒了我们心中的精灵去跳一场酣畅淋漓的狂喜之舞，并使神秘的、温柔的泪盈满我们的眼睛，如爱国志士胜利的热情，又如心爱的人为你独自歌唱之音。因此，斯泰恩说，假如他身在沙漠，他会爱上柏树枝的。爱的需求或力量一旦死去，人就成为一个活着的墓穴，苟延残喘的只是一副躯壳。

（徐文惠 译）

※ 致玛丽·戈德

1818年8月23日星期日晨

于巴尼·地·路卡

至爱的玛丽：

我们昨夜十二点到达此间，现在是第二天早饭前。今后如何，我自然还无法告诉你；虽然我要等到邮车走时才封上这信，但我不知道车究竟是何时开。如果你还心急的话，就顺着信往下看吧，你会看到后面写着另一个日期，以备有别的事情告诉你……好了，现在时间紧迫，我还要到银行去给你汇盘费。我得把钱汇到佛罗伦萨邮局去。请立即到埃斯特来，我将在那里万分殷切地等待你的到来。望你一收到此信就立即收拾行装，第二天接着收拾……我不得不对这些事擅自做主了。

我这样做都是为了我们最大的幸福——我最亲爱的玛丽，你必须马上来责备我，如果我做错了的话；如果做得对，那就来吻我吧，因为我实在不知道究竟做得对不对——只有你来了才知道。我们至少可以省去要大家介绍朋友的麻烦，因为我们已结识了一位女士，她非常善良美丽，简直像天仙一样和蔼可亲；如果她也那么聪明的话，那简直就是——她的眼睛和你的长得一模一样。她也像你熟人和你要好的人中间那样彬彬有礼。

最亲爱的,你知道这封信是怎么写成的吗?零零星星地,不时有人来打搅。小船就要来接我去银行了。埃斯特是个小地方,我们的房子很容易找到。这封信算它四天到吧,一天收拾行李,路上用四天——我们九、十天之后就可以见面了。

我赶不上邮车了,但是我派了一辆快车去追。信中附有一张五十英镑的汇单。你真想象不到我有多忙!最亲爱的人儿,愿你身体健康、心情愉快、快到我这儿来。信任你忠诚而痴心的。

PBS请代我吻我们那两个蓝眼睛的小宝贝,别让威廉忘记我。克拉是记不得我了。

卡莱尔

托马斯·卡莱尔（1795—1881），英国著名史学家、哲学家。

其思想深受歌德和德国先验哲学的影响，英雄史观贯穿他的全部著述中。

主要论着有《法国革命史》《宪章运动》《过去和现在》《论英雄和英雄崇拜》等。

※ 致最亲爱的女友

一

最亲爱的女友，你以为我忘记你了吗？……我已确信，不论是在严肃的场合还是在愉快的情境下，我都在迫切地思念着你。你本来可以很早就收到我的一封长信，可是命运以及奥利弗和博伊德挤垮了我的决心，我只有把能够写一封短小而且草率的信件作为满足了。虽然短而草率，但比不写要强得多。

　　大约在10天以前，也就是接到你那封短小精妙的信3天之后，我完成了那个不朽的《主人》的翻译。此后一个星期中我访问了这里的几位朋友，在他们的陪伴下，我无忧无虑地畅游了两天。可是这种安乐的计划还没有实现四分之一，东北风便急骤地吹起，给我带来了一种讨厌的脖子痛病，直到昨天为止，我一直被困在家中，无所事事。我的假期就这样不知不觉地度光了，我必须给自己不幸的小说写序，还要安排离开这里。要骑马，赶路，还要写文章，真希望能有20只手，20个脑袋。一个人对于他所从事的事情不能好好地料理，真有点遗憾。除掉一些心平气和的人外，绝大多数人总是那么匆忙急促。虽然我的事情不一定能做完，但在星期二下午到达爱丁堡是不成问题的。如果你愿意草写数语寄往莫里街的话，我会准时收到的。但我在爱丁堡仅逗留短暂的时间。《威廉的主人》一书已全部付印，我在雅典的事情即刻可告一段落了。我是否能去哈丁顿过上我所希望的平平安安的日子呢？倘若办得到，那我乐意在你的身边度过我的一切时光。你的母亲何时允许并且怎样允许我们的事，她对我是否比以前更好一些？请你写信告诉我。唉，上帝啊，一想到我必须离开你，不禁十分悲伤。苏格兰人有200万颗心，只有你的心才是我唯一的归宿。你会对我下逐客令，拒绝我吗？我郑重地请求你，此事做不得呀，永远不要这样……

　　可怜的拜伦！唉，可怜的拜伦！他竟死了！噩耗传来，仿佛是万钧重量压在我的心头，每想到此事，就好像一个令人痛不可忍的钳子钳住了我的整个生命，如同我丧失了亲兄弟一般。

　　啊，上帝，有些微贱的人竟然享有高寿，而欧洲最高贵的天才拜伦却中道而殒！他那具有充分的火一般伟大热忱、豪壮的计划，现在竟永远沉寂、冰冷了！可怜的拜伦！他还是一个青年啊！他尚在一个天才的纷乱、烦恼和迷茫之间奋斗，还没有达到成熟的境地，他在世界上还没有找到自己的地位。倘若他能活到70岁，他一定能获得这一切，获得这一切！然而我们竟听不到他的声音了。我想和他在梦中相逢，可是冥间的黑幕已经把他隔离开来，使我们的眼睛看不到他了。我们将到他那里去，但他却永远不能回到我们这里来。亲爱的简，自从拜伦逝去，你的心中有一种不可弥补的损失，我的心中同样如此。让我们紧紧地偎依着，以免孤单。

永远是你的卡莱尔

1824年5月19日于美因山

最亲爱的！从你的信中我可以清楚地看出邮局的耽误。昨天晚上才接到这封信，今天我游玩了安南姆浴场。你今天下午便可接到我的这封信。星期四晚上7点45分，我将带着一匹马，在霍答姆桥的尽头等你，以便接你到这儿来。一种乡村的欢迎正在等待着你，你将享受到乡村生活的乐趣。至于我的母亲，我可以保证，她是满心喜悦的。我相信这一切都是为了你安排的。

我的宝贝，你准备动身吧！一年中最美丽的季节过去了。凄风苦雨的秋天只会引起我们的伤感。但是，只要我还在人间，我的心对你永远是光明坦荡的。这儿有足够的空气供我们呼吸，有充足的太阳的光辉；而我们自己呢……有的是可以视听的耳目，我们会听到千百种奇谈，看到千百种趣物。你准备动身吧，我渴望着见到你，把我的心放到你的心儿里面去。再会。

永远是你的卡莱尔

1825年8月30日于霍答姆山

巴尔扎克

奥诺雷·德·巴尔扎克（1799—1850），法国伟大的批判现实主义作家，代表作为巨著《人间喜剧》。其名作《高老头》《欧也妮·葛朗台》在中国广为流传。

※ 爱情和激情

爱情和激情，是两种截然不同的心境。诗人、凡夫俗子、哲学家和天真幼稚的人，一直将两者混为一谈。爱情具有感情的相互性，确信那种享受是任何事物都破坏不了的，快乐绝对是一贯相互交流的，两颗心绝对是完全心心相印的，因而势必排除了嫉妒。占有是一种手段，而不是目的。对爱情不忠，使人痛苦，却不会使人离心离德。感情的热烈或激动绝不忽强忽弱，而是持续不断的幸福感情。最后，神妙的气息吹来，将向往之情扩展到无垠时间的始终，为我们将爱情点染成同一种颜色：生活有如晴朗的天空，是碧蓝碧蓝的。而激情是预感到爱情及爱情的无限，每一个痛苦的灵魂都渴望着爱情的无限。

激情是一种希望，这种希望可能变成失望。激情同时意味着痛苦和过度。希望破灭时，激情便中止了。男女之间可以有数次激情，而互不玷污声誉；向幸福奔去是多么自然的事！而在生活中却只有一次爱情。对感情问题的一切辩论，无论是书面的也好，口头的也好，都可以用这两个问题来概括：这是激情呢？还是爱情？如果不能体会到使爱情始终不渝的欢乐，爱情也就不存在。

（袁树仁　译）

※　致韩斯卡夫人

亲爱的天使，我刚刚接到你用黑边封上的信。看罢此信后我是那样地沉痛，我几乎再也不愿接到你的任何信了！尽管其中还有你告诉我的关于你自己和你的身体的令人伤心的事情。我亲爱的、崇拜的人！至于我，虽然这一事件给了我达到我炽热地渴盼了几乎10年的目标创造了条件，但在你和上帝面前，我能问心无愧地为我自己说句公平话，我心中除了完全地屈从外，别无他想。在我最绝望、忍受着折磨的时刻，我并没有用邪恶的愿望来玷污我的灵魂。

哪个人能制止住自己不自觉的激动、狂喜呵！我常常自言自语，"和她在一起我的生活将是多么的愉快轻松！"没有人能制止他的这种信念、能遏止他的心、阻止他内在的我不去希望……但是我理解你向我表示的遗憾和悲伤；它们在我看来是自然而又真实的、尤其是从维也纳的那封信起，你对我从未间断的保护之后。然而我欣喜地得知我能敞开胸怀地给你写信，告诉你先前我所有讳莫如深的事情，驱散你基于误解而对我作出的忧郁的抱怨，唉，相隔这么远真是难以解释。我太了解你了，要不就是我私下觉得我太了解你了，所以我不愿有一刻怀疑你，而你竟有时怀疑我，这使我常常感到痛苦，十万分地痛苦，因为自从去了纳沙泰尔，你就成了我的生命。在屡屡向你证明了这一点后，现在让我明明白白地这样对你说吧。

我的搏斗和我可怕的工作的惨状会使最伟大、最强壮的人垮掉的；我妹妹常希望能结束这一切惨状，但天晓得怎样才能够这样；我总是认为救药倒比病的本身还要糟糕！到现在支撑着我一切的唯有你一个人……你曾对我说，"耐心点，正像爱别人那样你也被人爱着。不要转变你的初衷，为了你心爱的人，不要转变。"是呵是呵，我俩都一直是勇敢的；那么为什么你今日郁郁不乐？你难道认为我孜孜不倦，潜心于荣誉和成功，仅仅是为了我自己吗？啊！

我也许很不公正，但这种不公正发自我心灵深处的强暴的力量！我真愿意拿你信中的两个字来形容我自己，但在你的信中我没找到这两个字；自从你生活在其中的那地方的景致出现在我眼前后，我在工作时，几乎每过十分钟它就浮现在我眼前；自从它出现在我的生活中，我就在那里寻得了我们在灵魂的深寂处各自寻求的一切。

雨果

维克多·雨果（1802—1885），法国著名作家。
雨果的作品反映了法国大革命时期社会变革的复杂与激烈，
也表现出对被压迫人民悲惨命运的关注和同情。
他的代表作品有《悲惨世界》和《巴黎圣母院》。

※ 致阿黛尔·富歇

经过昨天和前天两个愉快的夜晚之后，今天晚上我当然不会出去，决定坐在家里给你写信。不但如此，我的阿黛尔，我可爱的、倾心爱慕的阿黛尔，我有多少话要对你讲啊！哦，上帝！这两天，我每时每刻都在问自己：这种幸福是不是一个梦。

我内心的快乐似乎不应是人间所有。我还不能理解这万里无云的蓝天。

阿黛尔，你还不知道我原先打算忍受什么呢。其实我是虚弱，我却觉得自己镇静；其实我是在准备走投无路时采取种种荒唐行为，我却认为自己勇敢、乐天知命。啊！让我恭恭敬敬地拜倒在你的石榴裙下吧，因为你是那么高贵，那么温柔，那么坚强！我以前一直在想：我爱你爱到极点时，只能是把自己的生命奉献给你。然而你，我慷慨的爱人，竟也准备为我牺牲你的平静生活。

阿黛尔，在这永远令人难忘的八天之中，你的维克多什么荒唐、疯狂的念头没有起过啊！有时我准备接受你献给我的可贵的爱情；我想如果我父亲的信逼得我走投无路的话，我也许会筹划一点钱，然后把你带走——你，我的未婚妻，我的伴侣，我的妻子——离开所有可能拆散我们的人；我想既然我名义上是你的丈夫，我们可以离开法国，到另外一个我们可以在那里享受自由权利的国度去。白天我们坐同一辆马车上赶路，夜晚我们在同一个屋顶下睡觉。

可是我高贵的阿黛尔，别以为我会利用这登峰造极的幸福来占便宜。你绝对不会把我想得这么坏，对不对？你会成为最值得尊敬的对象，成为你的维克多最敬重的人儿；在旅途中你甚至可以和他睡在同一间房间里，不必担心他会惊动你，碰你一下，甚至于看你一眼。反之，我打算睡在椅子上，或者坐在一把椅子上警惕地守卫着你，再不然，就躺在你床边的地板上，守卫你，保护你，使你高枕无忧地安眠。在牧师把一切做丈夫的权利赐给你的奴隶之前，他所敢想往的唯一的一种权利就是守卫你的权利……

阿黛尔啊，请不要因为我这么软弱和卑贱，你却是那么坚强和高贵而憎恨我、鄙视我。请想一想我的损失、我的寂寞、我父亲对我构成的威胁吧；想一想一个星期以来，我一直在提心吊胆唯恐会失掉你的情景吧。请不要对我过分的绝望情绪感到惊讶。你是一个令人钦佩的姑娘。说实在话，我觉得拿天仙来跟你比，天仙都沾了你的光。你得天独厚，多才多艺；个性坚强，心地善良。啊，阿黛尔，别把这些话当作痴情话——我有生以来就一直对你痴情，而且这种感情还在与日俱增。我整个灵魂都是属于你的。如果我的一生不属于你的话，我的生命早就会失去和谐，我就一定会早已死去——这是必然的。

阿黛尔，当我收到那封或是给我带来希望或是给我带来绝望的书信时，我心里想的就是这些。如果你爱我的话，你一定能了解我当时的喜悦心情。我也能了解你当时的感情，但我不打算在这里描绘它。

我的阿黛尔，为什么除了喜悦之外，没有什么字眼能表达这种感情呢？是不是因为人类的语言根本没有能力表达这种快乐呢？

从逆来顺受的凄凉心情突然飞跃到极乐世界，似乎有点使我坐立不安。甚至现在，我还有点神不守舍；有时我不由浑身发抖，生怕会突然一下子从这个美梦中惊醒过来。

啊，如今你是我的了！终于是我的了！不久——也许再过几个月，我的天使就会睡在我怀中，从我怀中醒来，在我怀中生活了。你每时每刻脑子里所想的，眼睛里所看到的，将只有我一个人；我每时每刻脑子里所想的，眼睛里所看到的，也只有你一个人！我的阿黛尔呀！……

如今你将属于我了！如今我这个凡夫俗子蒙神的召唤，将享受天堂的幸福了。在我心目中，你先是我年轻的妻子，继之是年轻的母亲，但永远是同一个人，永远是我的阿黛尔，在纯洁的夫妻生活中，你将一如初恋时期做处女的日子里那样温柔，那样令人倾慕——亲爱的人儿，请回答我——告诉我你是否想象得出：天长地久的姻缘中那种永恒的爱情的幸福！有朝一日，这种幸福就将为我们所有……

我的阿黛尔，无论是在写作中，还是在争取国家津贴的努力中，我绝不会因任何障碍而灰心，因为我为这两件事获得成功所采取的每个步骤，都将使我越来越接近你。现在还可能有什么能使我觉得痛苦呢？不要相信这一点，不要把我想得那么坏，我请求你。如果吃点苦能赢得这么大的幸福，那又算得了什么呢？难道我以前不是祈求过上帝成千上万次，求他允许我以血的代价来换取它吗？哦！我多么快乐啊！将来我还会多么快乐啊！

再见，我的天使，我可爱的阿黛尔！再见！我将吻你的头发，然后去睡觉。可是，我离开你太远了，不过，我可以梦见你。也许不久我就会到你身边来。再见；原谅你今生、也是来世的丈夫这样胡言乱语吧；我拥抱你，热爱你。

你的画像呢？

1822年3月15日星期五晚

※ 我是何等的幸福

阿黛尔啊！请不要恨我啊，请不要卑视我，你这样地高尚而勇敢而我却这样的懦弱而无用，请想到我的失恋，想到我的孤独，想到我对你的父亲所期望着的东西，倘使你想到八天以来，我那种深惧失掉你的态度，那你便不惊奇我的失望的过度了。你，你是个少女，你是令人赞赏的，因此确然我认为把一个安琪儿和你比拟是过誉了她的。你由你的特赋的天性中带来了一切，你有勇气和眼泪，啊，阿黛尔，请不要以为这些话是盲目的赞美，这种赞美在我的毕生中是历久不断的而且会一天一天地增加起来。倘使我的整个的人生永不属于你的话，我的人生的固有的协调将破灭了，如此我便将死去，是的，必然地会死去了。

这是，阿黛尔啊，当说到是我的前途的信到来的时候所有我的思潮啊。倘使你爱我的话，你是应该知道怎样是我的快乐的，因此我也不向你描写你所应感到的东西。

我的阿黛尔啊，为什么这只名之为"快乐"呢？难道在人间的言语中找不到旁的语句来表示如许的幸福吗？

这一次的一种伤感的悲郁变为一种极大的快乐的突如其来的过程好久震撼着我的灵魂。我现在还十分的惊骇着，而且有时候我深恐突然间被这种美丽的神圣的梦幻所惊醒。啊！你是属于我的了！你是属于我的了！不久，在几个月以内，这位安琪儿便将睡在我的手臂中，醒着在我的手臂中，生活在我的手臂中了。所有她的思念，所有她的光阴，所有她的视线，将集中于我了！所有我的思念，所有我的光阴，所有我的视线将集中于她了！我的阿黛尔啊……

如此，你将属于我了！如此，我在世间将尝到一种人世间的幸福了！我将看到你首先作新嫁娘，随后作年轻的母亲，而且永远是年轻的，我的阿黛尔在纯洁的婚姻中永远是如童贞的初恋期中一般地这样地可爱并这样的天真。亲爱的朋友啊，对我说吧，你有没有想到这种幸福，有没有想到在一种永久的结合中的一种不灭的爱！

这些便将是我们的啊。

我的阿黛尔啊，如今在我的工作中，更没有一些困难使我们扫兴的了，这两条路中，我所走的路都是引向你的。因此怎样会使我难过呢？我恳求你不要冤枉我作如此想啊。为了得到如许的幸福，一些困难何足道哉？我岂不是曾千百遍地恳求上天把我的血换得他们吗？啊！我是何等的幸福，我将是何等的幸福啊！

别了，我的至爱的并安琪儿般的阿黛尔啊，我将去吻你的青丝，随后去睡去，虽是远离着你，但是可以梦着你，不久我或许在你的身边了。

1822年3月17日星期五晚

爱默生

拉尔夫·爱默生（1803—1882），美国著名思想家、演说家、作家。
其哲学思想对尼采、杜威等人影响颇深，
其"美国学者"的演讲被誉为"精神上的独立宣言"，其精美散文曾驰名大西洋西岸。
主要著作有《自然》《生活行为》《社会与孤独》《文学与社会目标》等。

※ 致丽蒂亚

　　我的一个智慧的导师爱德门·柏尔克说："一个智慧的人，他的话虽然是真理，他总把它说得不太过分，那么他可以说得时间长一点。"你在我心中唤起这种新感情，它的性质也许会使别人害怕，欲使我欢喜，它这种安静，我认为是保证它能够永久不变的。我在星期五非常愉快，因为我现在的地位仿佛是你家庭的一员了，而我们彼此间的了解一直在增长着，然而我去了又来了，而始终没有说出一句剧烈的话——也没有做过一次热情的表示。这并不是预先计划好的，我仅只是顺从当时的倾向，顺从事实。有一种爱情，因为对真理与博爱感到关切，反而把个人放在一边，不断地暂缓实现个人的期望（其实这种期望或者也似乎是合理的），因而音调转变了，这样的爱我觉得它有一种庄严伟大。你不要以为我是一个抽象的爱人。我是一个人，我憎恨并且怀疑那些高雅过分的人。大自然，我们善良的养母，她利用最家常的愉快享受与吸引力将她的孩子们拉拢在一起，这家常的一切都引起我的共鸣。然而我还是非常快乐，因为在我们之间，最持久的联系是最先造成的，以这为基础，无论人性要生长出什么别的关系，都可以生长出来。

我母亲非常喜悦，问了我关于你的许多话，有许多问题都是我不能答复的。我不知道你可会唱歌，可会读法文，或是拉丁文，你曾经住在什么地方，还有许多别的。所以你看，没有别的办法，你必须到这里来，在战场上忍受她的询问的炮火。

在今天早晨凛冽但是美丽的光明中，我想着，亲爱的朋友，我实在不应当离开康柯德。我必须争取你，使你喜爱它。我天生是一个诗人，无疑地是一个低级的诗人，然而仍旧是一个诗人。那是我的本性与天职。我的歌喉确是"沙哑"的，而且大部分全是以散文写出来的。然而我仍旧是一个诗人——这里所谓诗人只是一个人，他能够感觉到而又挚爱灵魂与物质中的音乐，尤其是灵魂的音乐与物质的音乐间相符之处。落日、树林、风雪，某一种河上的风景，在我看来比许多朋友都重要，它们通常与书籍分占我一天的时间，像康柯德这样的城市总有一百个，在那些城里我都可以找到这些必需的东西，但是我恐怕普利茅斯不是这样的城，普利茅斯是街道。我住在广阔的郊野里。但是这件事留到以后再说吧。如果我能够顺利地预备好星期四关于布纳罗蒂的演辞，我就在星期五到普利茅斯来。如果我失败了——不能达到这人的"意象"——我星期四就说一点关于路德的事，那我就不知道我什么时候能偷闲来一次了。

最亲爱的，原宥这整个一封信里的自大。他们不是说，"越是情多，越是自大"？你应当用同样的自大，用更多的自大作为报复。写信，写信给我。我还要请求你，亲爱的丽蒂亚，在这件事上也听从我鄙陋的劝告，不要去想跟前的事，让天风吹去你的消化不良症。

富勒

玛格丽特·富勒（1810—1850），美国女作家。
她的《19世纪妇女》是美国第一部成熟地考察妇女状况的著作。

※ 妇女的未来

现在，我已画出了那条源源不断地从我思想高处流出的小溪，如果不完全的话，也已标明了它的轮廓。

有人说我在以前的短文中未能将自己的意思表述得足够清楚。对此，我一直试图以各种方式加以说明，并且可能为如此的重复而感到有罪。但是，由于急于不给人留下任何怀疑的余地，我将冒险再一次重点回忆一下我的设计范围，就和旧式布道中所做的一样。

男人是有双重关系的人，一是与下面大自然的关系；二是与高于他的智慧的关系。地球如果不是他的生地，则是他的学校；上帝是他的目标；生活及思想是他解释自然、渴望上帝的方法。

任何一个男人在他的一生中都只能完成这个目的的一部分。它的全部实现只能寄希望于男人们生命的总和或被视为整体的男人。

由于这一整体包括灵魂和肉体，对其中一部分或最卑微成员的任何损害或阻碍都会影响这一整体。男人永远不会完全幸福或善良，直到所有男人都如此。

要聪明地认识男人，你一定不要忘记，他生命的一部分是动物性的，从属于和自然相同的法则。

但你应更多地从灵魂上认识他，欣赏他灵魂的状况及命运，否则你也不能聪明地认识他。

男人的成长是双重性的，即男性的和女性的。

从能够区分这两种方法的角度看，他们可以称作：

活力与和谐；

力与美；

智慧与爱；

或根据一些此类粗略的分类；因为我们没有足够原始和纯洁的语言来精确表述此种概念。

据测，这两方面会在男人和女人中或多或少地表现出来，因为能力未被完全赋予男女双方中的任何一方，而只不过是其中一方略占优势罢了。但也存在大量的例外，比如美远胜于力的男人，以及相反的例子。但作为一条总的原则，看起来它总是试图给其中一方优势，我们把它叫做男性化的，而对另一方，我们则称之为女性化的。

毫无疑问，如果这两者的发展完美和谐，它们就会相得益彰而且能够互相补充，就像地球的两个半球，或是音乐中的高低音。

但是人的本质中不存在完美的和谐；这两部分只是偶尔相互回应；或者，假如出现一种持续的和谐，也只能在很长的间隔中表现出来，却无法奏出一段明显的旋律。

这一现象的原因是什么？

因为按时间顺序，男人们首先开始发展，如同活力先于和谐，力先于美。

女人由此在他成人般的关怀下成长。他可能是她的卫士和老师。

但是，人性不是一成不变的，由于在波动的过程中过多的行为和反应，男人误解并滥用了他的优势，成为她尘世生活中的主人而非精神生活的统治者。

他自己因此得到了惩罚。他更多地把女人当成仆人而不是女儿进行教育，于是发现他自己成为一个没有王后的国王。

这种不平等的结合带来的孩子表现出不平等的特质，而且，男人们越来越像女仆的儿子而不是王后的儿子。

最后，出现了这么多的以实玛利，以致其余的人都感到恐惧和愤怒。他们责骂夏甲，把她赶进一片荒野。

但是以实玛利并没有因此而减少。

最终男人们变聪明了些，并认识到无论如何婴儿摩西也是由女人胸中的纯天然本能所拯救的。因为就道德本质来说，过多的逆境总要比过多的幸运好得多，在这方面，女人比男人萎缩得少些，尽管在其他方面她还像个学步的孩子般受管束。

所以男人对她越来越公正，而且也变得越来越友善。

但是——他的习惯和意志已被过去腐蚀——他未能清楚地看到女人是他自身的一半；她的利益与他的相同；还有，根据他们共同的规律，如果女人依然不平衡，那么他也将永远得不到他真正的平衡。

所以情况发展到我们今天这个样子，两方面都在发展，但比起在对真理和正义更清楚的认识下所应有的发展要慢得多，它们应允许两种性别相互影响，并以一种更有尊严的关系互相促进。

哪里有纯洁的爱，哪里自然的影响届时就会重建。

诗人和艺术家无论在何处发挥其天才，他都会看到真理并将其以有价值的形式表现出来，因为这些男人特别地分享和需要女性原则。神鸟需要由妈妈孵出生命并教它唱歌。

宗教（我是指对真理及善行的渴望而不是对宗派及教条的热爱）无论在何处自然发展，人们都可以简单地了解其原始的目的，多多纳的橡树上的鸽子也会甜甜地预示着和平。

我要表明的是两性在作用、责任及希望等方面的平等，任何时代都不乏见证。

还有，当阻碍这一点实现的不情愿或无知存在时，妇女并非没有力量要求光明和高贵的自由。但这种力量同样伤害了她们和那些她们使用奴颜婢膝的武器—狡诈、谄媚及不正常的感情而加以反对的人。

现在，看得更清楚，做得更好的时候到了——此时男人和女人可以互相将对方看成兄弟姐妹。如同一个门廊的柱子，一次礼拜的牧师。

我相信并且宣布，这一希望将在我们自己的土地上比以往任何时候都更圆满地实现。

如果这片土地采用使我们民族生命力喷发出来的原则的话，这一点将会实现。

我相信，在目前女人是彼此间最好的帮助者。

让她们思索；让她们行动；直到她们知道自己需要什么。

我们只要求男人撤去强加的壁垒。一些人愿意做得更多些。但我相信这需要妇女用其天然的尊严表现她自己，教给他们如何来帮助她；她们的心灵受到传统的如此重压。

当爱德华·菲茨杰拉德勋爵同印第安人旅行时，他的男性胸怀促使他立刻拿过并扛上他们妻子的包裹。但我们没有读到这些红种人效仿他，尽管他们很乐意替白种女人扛箱子，因为在他们看来她是高一等级的人。

让女人以刻瑞斯温柔的庄严出现，那么连最粗鲁的男人也将愿意向她学习。

你问，她已承受、压抑了这么久，获得自由又有什么用？

我回答：首先，这一点不会马上得到。昨天我读到今年的一次辩论，主题是关于扩大妇女财产权的。它是为所需指导做准备的教科书中的一页。她们说话的时候男人们显然学到了许多，女权的卫士们看到了对方辩词中的谬论，男人们为自己的信念感到吃惊。他们待在家中的妻子，还有报纸的读者，也是一样。小溪就这样流向前方；思想督促行动，行动引导更好的思想发展。

但是，假如这种自由突然到来，我对其后果毫不恐惧。个别人也许会做出过分的行为，但女性中不仅存在着一代一代遗传下来并累积起来的，许多年的不同生活也无法抹去的对礼貌和限制的尊重，还存在着一种女性特有的匀称，对"不过度的简单艺术"（希腊式的适度）的天然的爱，它将立即创造出抑制者，天然的立法者及他人的教导者，也将根据需要，逐渐建立起这样一些规则来守卫而不阻碍生命。

美惠三女神将为唱诗班的舞蹈领舞，并教给其他人如何规范他们的舞步以符合美的尺度。

但是如果你问我她们可能适合什么职位，我回答——任何职位。我并不在意你指什么情况；如果你愿意，让她们当船长。我不怀疑的确有些女人非常适合这样一个职位。并且，假如这样，我将很高兴看到她们在这个职位上，就像欢迎萨拉哥萨的女仆、密瑟龙西的女仆、苏里奥特女英雄或埃米莉·普拉特一样。

我认为，特别是在此刻，女人需要一个更为广泛的职业范围以发挥她们的潜力。一个旅行团最近造访了一座山上的一间孤单的茅屋。他们在那儿发现了一位老妇人，她告诉他们她和她丈夫在那里已住了四十年。"为什么"，他们说，"如此贫瘠的地方是您选择的吗？"她说，"不知道；这是男人的选择。"

四十年中，她一直心甘情愿地依据这种"男人的选择"去做，也不知道为什么。我不会让它这样。

我知道在不少家庭中，一些小女孩喜欢锯木头，另一些则喜欢使用木匠的工具。哪里纵容这些爱好，哪里就会增添快乐和好脾气。哪里因为"这些东西不适合于女孩子"而加以禁止，她们就会变得郁郁寡欢或恶作剧起来。

傅立叶已观察到女人的这些需求，因为每个人都能看出小女孩的渴望，每个人都能了解缠绕着成年女人的倦怠无聊，除非她们通过某种艺术为自己营造出一个安详宁谧的小天地。因此，他在建议制造业或照料动植物方面扩大就业范围的时候，估计有三分之一的妇女会喜欢男性的工作，而三分之一的男人会喜欢女性的工作。

那些原先纷扰烦躁的女人们，一旦置身于园艺、建筑或最底层的艺术，谁看不见她们生命中立即散发出光辉和宁静？这并非惯例，而是将生命引向苍穹的东西。

但是，我并不怀疑有很大一部分女人会为自己选择和现在一样的职业，因为环境一定会引导她们。母亲将乐于把小窝弄得柔软温暖。大自然会照顾一切；没有必要给那想要高飞、鸣唱的鸟儿，给那发现自己翅膀的力量大大超出移栖所需的鸟儿去修剪翅膀。区别在于，并不是所有的人都必须勉强去从事对某些人不适合的职业。

我已力陈性别自我生存有自立和自促两种形式，因为我相信它们是现时所需要的手段。

我已力陈女人应独立于男人，不是因为我不认为两性的互相需要，而是因为对于女人来说，这一事实已导致一种过度的牺牲，它冷却了爱，败坏了婚姻，而且妨碍了两性成为他们对自己和对异性应该成为的样子。

我希望女人首先应为上帝活着，这样她就不会把一个不完美的男人当作她的上帝，从而沉溺于偶像崇拜。这样她就不会由于一种虚弱和贫乏的感觉而选择并不适合她的东西。这样，假如她发现了她对男人的具体需要，她就会懂得如何去爱，并值得被爱。

通过更多地充实灵魂，她的女人味儿将不会减少，因为本质是通过精神完善的。

现在并没有女人，只有一个长过头的孩子。

她的手可能被赋予尊贵，她必须能独处。我希望看到男人和女人像兰道在他的《佩里克利斯和艾斯帕斯亚》中所描述的那样处理他们之间的关系，使优雅成为力量天然的装束，而情感由于深厚则表现为平静。柔软成为一种牢固的结构，于是

众神赞同

灵魂的深度而非其喧嚣，

热烈而非不可控制的爱。

一个深刻的思想家说过："没有一个结过婚的女人能代表女人世界，因为她属于她的丈夫。女人的思想必须由处女代表。"

但这正是婚姻及目前两性关系的错误之处，女人确实属于男人而并不是与他形成一个整体。否则的话，思想上就不会有如此的限制了。

以自我为中心的女人将永远不会被任何一种关系所吞噬；就像对男人一样，它将只不过是一种经历。对女人来说，把爱当成她的全部存在是常犯的错误；她也是为普遍的真理和爱而生。假如只是继承女性的传统，马利亚将不会是唯一的处女母亲。将不只是曼佐尼一人赞美妻子那颗充满母性智慧和夫妇亲情的处女之心了。灵魂永远年轻，永远是个处子。

她不会很快出现吗？那个将为所有女人与生俱来的权利辩护的女人；那个将教给她们要求什么，又如何运用得到的东西的女人？她的名字为什么不会代表她的时代称为维多利亚，代表她的祖国和生命叫弗吉尼亚？但预言是轻率的；她自己必须教给我们怎样给她起个合适的名字。

（杨晓红 译）

缪塞

阿尔弗雷德·缪塞（1810—1857），法国著名作家。
主要作品有代表作长篇小说《一个世纪儿的忏悔》、诗剧《怀与唇》、
长诗《罗拉》和剧本《罗朗查丘》等。

※ 致爱米·阿尔童

　　亲爱的人儿，我深信我在爱你，一点也没有欺骗我自己。你说你身体的虚弱是一种不可消除的障碍，可在我的爱情中是没有障碍可言的。关于"具有端庄仪容并且比我大得多的女子"以及"斥责"一节，请你允许我向我的25岁的女友说明，我的年纪也只是26岁。我认为你的心是庄重的，而你那娇嫩艳丽的容貌却明媚而红润。谈到资本，你具有最重要的一个资本，就是美貌。在精神方面，你也

是活泼与端庄，快乐和甜蜜的娇质混合体，这种混合构成了你那不可抗拒的引人的魔力。

亲爱的人啊，如果世界上有幸福存在，那就是替你创造的。

你说你知道我的性格，那你错了。论年纪，我只比你大一岁，论经验，我却比你大10岁。经验这个词也许会让你听了感到不快，我的经验尽管也是有限的，但我愿把它所带来的教训转达给你。

具有美丽的幻想，并且希望实现它们，这是非凡人物的第一个固定的任务。可是一个人一旦踏上人生的征途，实际上就处于千百种挫折的夹缝中间，迟早要让那未接触实际的希望屈服下来，要让这希望从它最高的飞翔点跌落到地上，被打得粉碎。我所说的并不是一个道德家的说法，而是一种永恒的真理，爱米，第一种经验就是由这样的痛苦造成的，那就是在发现并且感觉到幻想差不多永远不会出现——即梦想无法变为现实，它们和世间的事物一经接触就会枯槁幻灭时产生的。

那种痛定思痛的苦味便是第一次企求的结果。一颗心灵的内部机体受了伤，它的第一次飞翔受了挫，它在流血，好像要永远破碎了，人生在世，他为了能够继续生活下去，就必须恋爱。一个人在恋爱时充满了惊恐，充满了猜疑，然而当他慢慢地举目四顾，发现生活并不像她所想象的那样悲惨，便会寻找一条路回到他自己的幸福生活上去，以致发现上帝，发现真理。

……一个人既尝过闭门羹的滋味，当快乐的时刻到来时，他便会很善于享受。他渴望这种时刻，并且用深切的诚意去延长这些日子；他终于会对自己说道：苦的境遇不算一回事，因为终究会有一种幸运来补偿的。

爱米，以上所说的是我的一点经验。如果我对你那善良而高贵的心灵有所贡献的话，我愿将这种经验转献给你。这不是你所爱读的书本上能有的结论，书本上的东西并不是不真实，不过那上面出现的事只是应当出现的，而没有不当出现的。

我的玫瑰花一般美丽的朋友，你永远不要说上帝对于你的快乐有所限制，你不要因为愁苦的缘故去寻找你所谓"颠狂的理想"——那合理的理想，最宝贵和唯一真实的理想。你要任凭你的心弦去震动，只管投身于爱的海洋中，要相信命运，你的一生是有美满幸福的日子的，你所否认的幸福就在你的身上，就在你的眼中，就在你的嘴唇上，就在你的胸中……你喜欢"女友"这个名称。亲爱的人儿，友谊和爱情有时不是同一个名词吗？

你说我的信毁灭了你的希望，可你的信却替我开辟了一个充满希望、意愿和痛苦的世界。然而在这中间似乎也有神圣的快乐。谢天谢地！我的美丽的天使，你不要把自己封锁在这个世界之外，不要猜疑，不要多虑，只管欢笑，只管回答，你要寻找善良和真实，来般配你的美丽！当一个人发现有一个侣伴的时候，他会坚强起来的！

如果你乐意的话，请到这儿来吧。你能来吗？

1836年

勃朗宁

罗伯特·勃朗宁（1812—1899），英国著名诗人。他注重心理分析，创造了"戏剧独白"的诗歌形式，着有诗集《登场人物》和两万余行的无韵长诗《环与书》等。

※ 致巴莱特

一

亲爱的巴莱特小姐：

你那些诗篇真叫我喜爱极了。我现在写给你的这封信，绝不是一封随手写来的恭维信——不管它是怎么样的一封信，这信绝不是为了顺口敷衍、一味夸你有多大多好的天才，而的确是一种心悦诚服的流露。正好是一个星期前，我第一次拜读你的诗篇，从此我脑子里就一直在翻来覆去地想，不知该怎样向你表达我当时的感受才好——如今记起这一番情景，真要失笑。原来我当初一阵狂喜，自以为这一回我可要打破向来那种单纯欣赏一下算了的习惯了——为什么不呢？我确然得到了欣赏的乐趣，而我的钦佩又是十足有道理的——说不定我还会像一个忠实的同行所该做的那样，试着挑剔你一些缺点，贡献你些许小小帮助，让我今后也可以引以为荣！结果却是劳而无功。你那生气蓬勃的伟大的诗篇，已渗入我的身心，化作我生命中的一部分了；它的每一朵奇葩都在我的心田里生了根、发了芽。假使竟让这些花儿晒干、压瘪，十二万分珍惜地把花瓣夹进书页，再在书页的天地头上头头是地道加一番说明，然后合起书来，置之高阁……而这本诗集居然还给称做"花苑"！那将会面目全非了啊。可是话得说回来，我还用不到完全断绝这个念头，也许有一天我能做到这一步。因为就说眼前，跟无论哪个值得谈的人谈起你，我都能说得出一个我所以钦佩的道理来：那清新美妙的音乐性啊，那丰富的语言啊，那细腻精致的情操啊，那真实、新颖而大胆的思想啊，都是可以列举的种种优点。可是如今在向你——直接向你本人说话的当儿——而这还是第一次，我的感情全都涌上了心头。我已经说过，我爱极了你的诗篇——而我也同时爱着你。你知道有这回事吗？——有一回我差些儿就能见到你，当真能见到你。有一天早晨，坎宁先生问起我："你想要跟巴莱特小姐见见面吗？"问过之后，他就给我去通报。接着，他回来了——你身子不太舒服。这已经事隔多年了，我觉得这是我生平一次不凑巧的事，正好比探奇寻胜，我已经快达到那个圣地，只消一举手之劳，揭起幕帘，就可以身临其境了；不料（我如今有这样的感觉）中间却还横隔着一个细微的障碍——尽管细微，却足以叫人无从跨越。于是原来那扇半开的门完全关上了，于是我折回家去——

这一去就咫尺天涯，从此再也无缘瞻仰了！

好吧，这些诗篇是会永远存在的，还有，是藏在我心头的那种衷心感谢的快乐和自豪感。

永远是你忠诚的
罗伯特·勃朗宁

二

亲爱的巴莱特小姐：

温暖的春天当真快来了——这一点鸟儿们知道得很清楚。

到了春天我就会见到你，当然会见到你——有哪一回我存心想做一件事而结果没有做成的呢？有时候我不免带着异样的忧虑的心情问我自己。

抽出信纸来的时候，我原打算写它洋洋一大篇——可是现在却又不想多写什么了——"反正我就要见到你了。"我说！

……

请告诉我你目前的写作和计划；再也不要对我自称是"感激的"了，是我，感到感激——对你十分感激。

永远忠诚于你的

罗伯特·勃朗宁

※ 我完全是孤单一人

我猜想当她得了感冒这种"平常的袭击而不会使身体变糟"的病时，她的身体只是部分地恢复了。她从来没有在白天卧床不起，直到最后那天，那时她再也不能到绘画室并让我相信医生对病情的看法是错误的了。最后那天晚上，维尔逊（仆人）去看望她并且在确信她不会有什么问题后就离开了。我的直觉告诉我，她的情况很不好。但是我的理智让我理所当然地相信她的保证，她说她"一定不久就会恢复健康的"。最后那天晚上，她要求我在三年内买一幢别墅并把它装修好。整个晚上她都不停地说她感觉好多了，感觉"很舒服"，"很美好"——吩咐我："回到床上来——为什么老站在那儿呢？"我的直觉告诉我最坏的事情正在逼近，我再一次有这种感觉——因为我能够解释她的每一个病症的表现——有些神志不清，一周都完全拒绝吃固体食物，还稍微增加了规定的吗啡的剂量，这预示着什么？可怕的事情，确实的，只能是因为她对我怀有完整的、强烈的感情，如果什么也不会发生，怎么解释这一切呢；我就站在她的身旁——但是我将带着深切的感激说，她在最后时刻所说的话是请求"上帝保佑我"，用一种她以前对我从未有过的语气说了从未对我说过的话。

她笑了，带着快乐和活力，我相信是上帝以一种非常富有同情心的方式允许她不经受任何痛苦，甚至就像她自己宣称的那样。如果你就住在隔壁，我也不认为我应该让你进来——除了她临终前的那一晚，每天晚上我都对自己感到很满意。我为了减轻自己内心的焦虑而没有去满足任何一个显而易见的需要。她并不

大师谈亲情

125

知道，她以为我睡在沙发上。第一个晚上，我们能请到的最好的医生一直陪我们到早晨，她认为危险已经过去了，"现在睡觉"就可以康复了。但是随后医生发现她的一个肺变硬了——是右肺。"是左肺，钱伯斯医生应该知道，"她争辩道，"这是我经历多次的事情——他们不懂。"我当然希望是他们不懂。医生说的最令人担心的话是："除非我能确定这是个极其特殊的病例，我怀疑在她的肺上有一个脓疮。但她今天的确好些了，今晚也依然不错。"

最后一天晚上，她自己起身下床，清洗了她的牙，洗了脸，还在没人帮助的情况下自己梳了头——在死前的15分钟里，她吃了我一匙一匙喂给她的两份果子冻，还喝了一杯柠檬水——这就是我现在能强忍悲痛告诉你的一切。如果你因为我忽视了一个明显迫近的灾难而向你有所隐瞒，从而引起你对我的谴责，那么，我所说的一切只是为了缓减你的痛苦。

她昨天被安葬了——街上的店铺为她而关门停业，一群人跟随着她，啜泣着，另一群意大利人、美国人、还有英国人都像孩子一样在葬礼上痛哭，因为他们知道她是谁——她是"这个时代英国最伟大的诗人，最超凡的女诗人，意大利最真诚、最亲爱的朋友"——就像晨报和晚报告诉他们的，"号召所有意大利艺术界的朋友们，无论是什么种族和学派的朋友们，去向她致以最后的敬意"——于是他们就这样做了，是别人告诉我这些的，因为我除了看到一张张一闪而过的脸孔外，什么也没看到——高贵的，令人感动的意大利人。但是，在接下来的很多年里我将不再和意大利人有什么关系了。我很快就会离开这儿到英国去，或者宁可先去巴黎，然后伦敦。我将全力以赴去照顾和教育我和她的孩子，我知道她关于如何教育和抚养孩子的想法，我会努力去实现她的愿望——我目前还没有制订出特别的计划，但是我对自己生活的主要方向是非常明确的。尽管我有一种不必匆忙回去的解脱感，但是在离开之前我还有许多事情要去了结……

星期三，我再也不能像这样写信了。我计划一俟处理完这里的事情就立刻动身去英国，去看望阿罗贝尔。我会说一切我应该说的，对一切我现在还无法处理的事我不会说什么。所有的亲戚都应该原谅我没有写信给他们——我完全是孤单一人——我得到很多人的帮助，很多人的支持，但是，我无法在信中一一提到他们的名字……

瓦格纳

理查德·瓦格纳（1813—1883），德国杰出的作曲家，他集剧本写作与音乐创作于一身，完成了《尼伯龙根指环》《帕西发尔》等十余部歌剧，对20世纪欧洲音乐影响颇深，被公认为"歌剧的一代宗师"。

※ 致神圣天使

对你那华美而又正大光明的信没有回答，是不是你已有所失望？或者说，我放弃了对你那高贵的话语的回答的权利了？实际上是，我怎么配和你往来对答呢？

我们所从事的巨大的斗争，除掉实现某种志愿，达到某种欲求外，又怎能宣告终结呢？

我们在最热烈的接近的时刻，不就知道，上述的两点便是我们的目标吗？

的确是知道的！只因为这种事情是从来没有的，并且十分困难，非经过长期艰苦的斗争不能达到的目的。我们目前不是已经经过一些斗争了吗？难道还有什么斗争在前面等着我们吗？——我确实深深地感到一切斗争都要宣告结束了！

一个月以前，我表示过决心和你们断绝亲密的交往，那就是说我已舍弃你了。然而我对这事还不纯粹是这样。我只觉得，只有一种充分的结合才能在种种可怕的接触之前，巩固我们的爱情。至于那种密切的接触，正是横在我们爱情之间的。因此，有一种结合的可能和一种分离的必要的感觉在矛盾着。这种矛盾形成一种剧烈的起伏着的紧张状态，不是我们两个所能忍受的。我走到你的面前便觉得有一种明显又确切的事儿横亘在那儿，那即是我们结合的可能中有一种未曾想到的祸患。

可是我们的分离的必要性却因此带有另一种性质，即剧烈的震动化为一种温柔和谐的解救，我心中最后的自私自利的念头被消灭了。现在我决定再来访问你们，这就是最纯洁的人性战胜了自私自利的欲求的结果，我只愿调和，结合，安慰，愉快，从而使我达到那为我准备着的唯一的幸福。

在我的一生中，从来没有最近几个月来这么深切的可怕的感受。从前的一切印象和最近的这些印象比较起来，已失去了意义。像那桩不幸的事件给我的震惊必定会在我的心中留下深深的痕迹，世界上如果有什么事情可以使我的声调增大到最严厉的地步，那就莫过于我妻子的情况了。在这两个月中，我每天都有得到她突然死去的消息的可能，这种可能是医生向我指出的。一切围绕着我的东西都带着死的气氛，瞻前顾后，到处遇着死的意象，这样的生命简直已失去了最后的光辉。为了尽力小心提防着这种不幸的事儿发生，我必须决定拆散我们刚刚建立的新家庭，并且终于把此事告诉了她，让她极为惊愕……

在这美丽的夏季里，这个引人入胜的避难所完全适合我的志愿和我向上的努力。当晨光初现的熹微时刻，我在可爱的小花园中信步畅游，目睹群花争艳，香气袭人，耳听巢居于树上的莺啭鹂鸣，隔树对舞，你猜猜我在这种佳境中有何感想？我这样脱离最后的羁绊，是何等重要！你当一望而知，因为你对我的意志了解得十分真切，迥非别人所能企及！

我既已逃出了世俗羁绊，你以为我还能再返回尘网中去吗？

现在我对一切东西的感受已达到最适宜、最敏感的境界，这也是由于与世隔绝的原因。最近我和魏玛大公相会一事更明确地证明，我只有在最确切的独立状态中才能好好地生活，对于任何重大的社会义务，包括对这位确实不令人生厌的大公也必须尽力摆脱。我不能再为世人服务，就是长期住在一个大城市中我也觉得很不适宜；反而言之，建成了这个安乐窝，我还没有享受呢，难道我必须把这乐园中的友谊和最高贵的爱情毁灭，另去建一个新的避难所，另立一个新的家庭吗？啊，绝不会！离开这个地方就意味着自寻灭亡！

心头带着这样的伤痕，我现在不能再有重新建设新家庭的尝试！

我的孩子，我还在想着一种幸福，而这种幸福只能从心灵最深处产生，不可能由外部得来，这就是"安静"！热烈盼望的安静，每种思绪的安静！高贵的有价值的胜利，为他人而生存，以此作为我们自己最大的快慰！

你现在认识了我心灵中全部真正的决绝的声调，这种声调应用于我的全部人生观上，应用于将来的一切事件上，应用于和我接近的一切的人事上——所以也应用于你身上，因为你是我的最心爱的人儿，现在我仍站在这个渴望世界的废址上为你祝福！

试看一下我的一生，在任何情况下都没有过分的追求，我差不多还是很知趣的。现在第一次对你表现出强求的样子，其实对我你尽管放心。我不会经常去打扰你们，因为我只有对你们和颜悦色，你们才能继续接待我，否则我在忧愁渴念之中来到你的家中，本来想得到安慰，却意外地引起了不安和忧虑。这样的事不应重演了。今后如果你好长时间见不到我，请你不要着急，尽管安静一些，你应知道我是在遭受痛苦了。可是，如果我到了你处，那我一定会带去我本身所拥有的友爱的赠品，这种赠品也许只是假借给忧虑繁多的我的。

我长期离开苏黎世的时期也许（并且一定）不久就会出现，我希望在初冬就能实现这一目的。我行将发表的赦免令又让德国对我敞开了大门，我将按照规定的时期返回国家，以便实现我在这里所无法达到的目的。那样我们会长期地无法见面的。

但我会回转到我现在十分信赖的避难所中来，以便摆脱苦难和不可避免的烦恼，静心休养，并得以呼吸新鲜空气，创造从事旧工作的条件……如果那温和的阳光和甜蜜的安慰对我毫不吝啬，我便会永久地如此生活下去。

你能够提供给我生活的最高恩惠吗？在这个世界上，我所视为最有价值最值得感谢的，不就是你唯一的一个人吗？你用不可名状的牺牲和痛苦为我换取来的东西，我又怎能不尽力报答呢？

我的孩子，近几个月来，我的两鬓已成斑白的颜色。这是极力叫我从事休养的一种呼唤。这种休养在多年前曾经让我的"风度翩翩的荷兰人"看到过。这是一种怀念"家庭"的渴望，而不是一种想放纵的对情爱享受的贪求。只有一个忠实的庄重的妻子才能够为我获得这种家庭。让我们归顺于这种美丽的死亡吧，因为死亡把我们的一切欲望和企求都了结了！让我们以宁静清澈的眼神和优美神圣的笑容，快快乐乐地归去吧！我们胜利了，而无论什么人都不会有什么损失！

我的亲爱的神圣的天使，为你祝福！

我们的事情必须这样去做……

1858年8月星期二早晨于苏黎世

斯坦顿

伊丽莎白·卡迪·斯坦顿（1815—1902），美国废奴主义者，女权主义活动家。她与莫特夫人一起组织召开了美国第一次女权大会——塞尼卡福尔斯女权大会。

※ 塞尼卡福尔斯女权大会宣言

在历史的发展过程中，当人类大家庭的部分成员有必要依照自然的法则和上帝的意旨在世上以与过去不同的新姿态出现时，出于对公共舆论的尊重，她们必须把被迫采取这一行动的原因予以公布。

我们认为这些真理是不言而喻的：所有男子和妇女生而平等；造物主赋予他们若干不可剥夺的权利，其中包括生命、自由和追求幸福的权利；为了保障这些权利，政府才得以建立，而政府的正当权力是经由被治理者同意而产生的。当任何形式的政府有碍于实现这些目标时，受其影响者便有权拒绝效忠于它，并要求建立一个以这些原则为基础的新政府，它分配权力的方式务必使被治理者认为唯有这样才最可能获得他们的安全与幸福。为了慎重起见，成立已久的政府不得由于轻微和短暂的原因变更；以往的一切经验也都表明，任何苦难，只要尚能忍受，人类都宁愿忍受，而不愿为了重获自己的权益便废除久已习惯了的政府。但是，如果一个政府始终如一地为追逐同一目标而不断滥用职权、巧取豪夺，证明它企图把人民置于专制统治之下，人民就有责任摆脱这样的政府，并为自己未来的安全设立新的保障。这就是在现政府治理下的妇女历来逆来顺受的情况，这就是迫使她们现在要求得到她们应有的平等地位的原因。

人类的历史是男子为了对妇女实行专制的暴政统治而对她一再侵犯和伤害的历史。为证明所言属实，特向公正的世界公布下列事实。

他从不准许她行使她不可剥夺的权利——选举权。

他强迫她服从她从来没有参与制定的法律。

他拒绝给予她连最无知、最卑下的男子——本地人和外来者——也享有的权利。

他处处以她为敌，剥夺她最基本的公民权和选举权，使她在立法机关没有代表。

他使她婚后在法律上不享有任何公民权利。

他夺取她的财产权，甚至她保有所挣工资的权利。

他使她在道德上成为不负责任的人，如果她犯有很多罪行，只要作案时丈夫在场，她就不会被治罪。她在婚约中被迫允诺服从丈夫，他成了可以任意处置她的主人，法律使他有权剥夺她的自由并决定对她的惩处。

他制定的离婚法规定了什么是离婚的正当理由，规定了婚约解除后谁将获得孩子的监护权。这法律全然不顾妇女的幸福，它在任何方面都是基于一条错误的前提：男子的优越性，并使他握有一切权力。

他剥夺已婚妇女的一切权利，如果她是独身的，并拥有财产，他就向她征收税负，用以支持一个当她的财产对其有用的时候才承认她的政府。

他垄断几乎任何有利可图的职业，在她被允许从事的工作中，她只得到微薄的报酬。他对她关闭一切通向财富和名誉之路，而他自己却把财富和名誉看得无比光荣。她从来没有当过神学、医学或法律方面的导师。

他拒绝给予她接受优秀教育的机会，一切学院之门都对她关闭。

他声称自从使徒的时代以来她就不得担任教职，他准许她进入教会以及州政府，但处于从属的地位。除了个别情况以外，她还不得公开参与教务。

他给男子和妇女在世界上确立不同的道德规范，从而使公众产生错误的感觉，他们不仅宽容把妇女隔绝于社会的不道德行为，还认为男子这样做并无过失。

他篡夺了耶和华本人的特权，自称有权规定她的活动范围。只有她的良知和她的上帝才有权这样做。

他竭尽全力摧毁她对自己的能力的信心，挫伤她的自尊，使她心甘情愿地过一种依附于人的凄惨生活。

考虑到这个国家半数居民的公民权被完全剥夺，而她们在社会上和宗教上的地位又如此低下；考虑到上述的不公正法律，更由于妇女为自己遭受的苦难和压迫以及被欺骗性地剥夺最神圣的权利深感不平，我们坚持，妇女必须立刻获准得到她们作为美国公民应有的权利。

我们在从事这项伟大的事业之初就充分意识到，我们的主张会被误解、歪曲和嘲弄，但是我们将不遗余力地调动一切手段达到我们的目的。我们将聘请代理机构，传发文告，并向州和联邦立法机构请愿，还将力求得到宗教界和报界的支持。我们希望这次大会后还将举行一系列由社会各界人士参加的大会。

决议

人们承认，自然界的伟大法则就是"人追求自身真正而充实的幸福"。布莱克斯通在他的《述评》中写道，自然界的这条法则来自上帝本人的意旨，与人同在，必然是至高无上的。它放之四海而皆准，如果人类的法律与这一法则相违就完全无效，一切有效的法律都是直接地或间接地从这一基本原则出发而有其约束力、合法性和权威性。有鉴于此，大会通过下列决议：

因为自然界的伟大法则"必然是至高无上的",任何不利于妇女的真正和充实的幸福的法律都违背了这条法则,因而无效。

任何法律,凡是阻止妇女听由良知的指使在社会上占有合适的地位,或使她处于男子之下,都违背了自然界的伟大法则,因而不具约束力或权威性。

妇女和男子生而平等——这是造物主的意愿。人类至尊的善要求她的地位得到认可。

这个国家的妇女应该熟悉治理她们的法律,她们不必再宣称满足于目前的处境,从而自取其辱;她们也不必断言她们已经得到了所需的一切权利,从而暴露自己的无知。

只要男子声称自己有智力上的优越而妇女则在道德上优越,他更应该鼓励妇女在所有宗教集会上宣讲布道,如果她有适当的机会。

要求于妇女在社会上应具的美德、体贴和优雅的举止也应要求于男子;同一罪行,不问所犯者为男子或妇女,应以同样的宽严标准予以惩治。

常有人说妇女向公众演讲有失体统,他们自己却乐于观赏并以此鼓励妇女在戏院、音乐会或马戏团的表演上登台亮相。这样的人指责妇女公开演讲实在是有失风度。

陈腐的习俗和对圣经的乖谬解释给妇女圈定了她的生活界限,长期以来她对此没有怨言。现在她应该进入一个她的伟大创造者赋予她的更广阔的天地。

这个国家的妇女有责任为自己谋取她们的神圣的公民选举权。

平等的人权必然来自人类具有同等的能力和责任这一事实。

造物主赋予妇女同等的能力,她同样地意识到发挥这些能力的责任。显然,她和男子一样有权利和义务以一切正当的途径弘扬一切正当的事业;特别是在道德和宗教这样伟大的领域里,她不言而喻地有权和她的兄弟一样在私下或公共场所,以写作和演讲或任何合适的方式,在任何合适的集会上参与宣讲。这是不言而喻的真理,源自人性中神授的原则。任何与这真理相违的习俗或权威,不论是现代的还是由来已久的,都将被视为不言自明的谬误,并与人类为敌。

（陆建德 译）

尤瑟夫·阿狄生（1672—1719），英国政治家、文学评论家。

曾任议员及副国务大臣。曾与斯梯尔合编《闲谈者》期刊，后又主编《旁观者》日刊，

为主要撰稿人，发表了大量提倡道德修养与及文艺评论的文章。

阿狄生还创作了悲剧《卡托》，在当时有巨大影响。

※ 致埃热

先生，——沉默的六个月过去了，今天是十一月十八日。我写上一封信的日期是五月十八日。因此，我可以再给你写信而不违背我的诺言。

夏季和秋季显得无比漫长。说实话，我必须作出艰苦的努力，才能把强加于己的自我克制忍受至今。

你，先生，你不可能理解其中的滋味。可是请设想一下，假如你的一个孩子

离你而去，远在一百六十里以外，而你在六个月之内不得给他写信，听不到他的消息，听不到别人谈他，对他的健康状况一无所知，——那你就容易理解这样一个义务是多么苛刻了。

我坦率地告诉你。我曾经试图忘掉你。因为怀念一个你非常敬仰但又认为不复得见的人，是太令人伤神了。而当一个人忍受这种焦虑心情达一两年之久，只要能回复心情的宁静，他是在所不惜的。我什么办法都尝试过，我找事情做，禁止自己享受谈到你的快乐，但我既没能消除遗憾的心情，也没能制服急躁的情绪。

一个人无力控制自己的思想，成为某种忧思、某种回忆的奴隶，委实令人感到屈辱。

为什么我不可以给予你友谊，像你给予我友谊一样——不多也不少？如果那样，我就能保持宁静，保持自由，就能毫不费力地保持沉默十年。

……

先生，我向你提出一个请求：当你回信时，请谈一谈你自己的事，不要谈我；因为我知道，如果谈我，你就一定要责怪我，这一次我想看到你慈祥的面孔……

我的老师，务请告诉我一点什么，随便什么都行……

只要我相信你对我怀有好感，只要我有希望得到你的消息，我就能安心，不会太悲伤。

明年五月我还能给你写信吗？我宁愿等一年，但那是办不到的——太长了。

马克思

卡尔·马克思（1818—1883），全世界无产阶级的伟大导师和领袖，马克思主义的创始人。着有《资本论》《法兰西内战》等巨作。

※ 马克思致燕妮

我的亲爱的：

我又给你写信了。因为我孤独，因为我感到难过，我经常在心里和你交谈，但你根本不知道，既听不到也不能回答我。你的照片纵然照得不高明，但对我却极有用。现在我才懂得，为什么"阴郁的圣母"，最丑陋的圣母像，能有狂热的崇拜者，甚至比一些优美的像有更多的崇拜者。无论如何，这些阴郁的圣母像中没有一张像你这张照片那样被吻过这么多次，被这样深情地看过并受到这样的崇拜；你这张照片即使不是阴郁的，至少也是郁闷的，它绝不能反映你那可爱的、迷人的"甜蜜的"，好像专供亲吻的面庞。但是我把阳光晒坏的地方还原了，并且发现，我的眼睛虽然为灯光和烟草所损坏，但仍能不仅在梦中，甚至不在梦中也在描绘形象。你好像真的在我的面前，我衷心珍爱你，自顶至踵地吻你，跪倒在你的跟前，叹息着说："我爱您，夫人！"事实上，我对你的爱情胜过威尼斯的摩尔人的爱情。撒谎和空虚的世界对人的看法也是虚伪而表面的。无数诽谤我，污蔑我的敌人中有谁曾骂过我适合在某个二流戏院扮演头等情人的角色呢？但事实如此，要是这些坏蛋稍微有点幽默的话，他们会在一边画上"生产关系和交换关系"，另一边画上我拜倒在你的脚前。请看看这幅画，再看看那幅画，——他们会题上这么一句。但是这些坏蛋是笨蛋；而且将永远都是笨蛋。

暂时的别离是有益的，因为经常的接触会显得单调，从而使事物间的差别消失。甚至宝塔在近处也显得不那么高，而日常生活琐事若接触密了就会过度地胀大。热情也是如此。日常的习惯由于亲近会完全吸引住一个人而表现为热情，只要它的直接对象在视野中消失，它也就不再存在。深挚的热情由于它的对象的亲近会表现为日常的习惯，而在别离的魔术般的影响下会壮大起来而重新具有它固有的力量。我的爱情就是如此。只要我们一为空间所分隔，我就立即明白，时间之于我的爱情正如阳光雨露之于植物——使其滋长。我对你的爱情，只要你远离我身边，就会显出它的本来面目，像巨人一样的面目。在这爱情上集中了我的所有精力和全部感情。我又一次感到自己是一个真正的人，因为我感到了一种强烈的热情。

现代的教养和教育带给我们的复杂性以及使我们对一切主客观印象都不相信的怀疑主义，只能使我们变得渺小、孱弱、啰嗦和优柔寡断。然而爱情，不是对费尔巴哈的"人"的爱，不是对摩莱肖特的"物质的交换"的爱，不是对无产阶级的爱，而是对亲爱的即对你的爱，使一个人成为真正意义上的人。

你会微笑，我的亲爱的，你会问，为什么我突然这样滔滔不绝？不过，我如能把你那温柔而纯洁的心紧贴在自己的心上，我就会默默无言，不作一声。我不能以唇吻你，只得求助于文字，以文字来传达亲吻。事实上，我甚至能写下诗篇并把奥维狄乌斯的《哀歌》重新以韵文写成德文的《哀书》。奥维狄乌斯只是被迫离开了皇帝奥古斯都，我却被迫和你远离，这是奥维狄乌斯所无法理解的。

　　诚然，世间有许多女人，而且有些非常美丽。但是哪里还能找到一副容颜，它的每一个线条，甚至每一处皱纹，能引起我的生命中的最强烈而美好的回忆？甚至我的无限的悲痛，我的无可挽回的损失，我都能从你的可爱的容颜中看出，而当我遍吻你那亲爱的面庞的时候，我也就能克制这种悲痛。"在她的拥抱中埋葬，因她的亲吻而复活"，这正是你的拥抱和亲吻。我既不需要婆罗门和毕达哥拉斯的转生学说，也不需要基督教的复活学说。

　　最后，告诉你几件事。今天，我给艾萨克·埃恩赛德寄去了一组文章中的第一章，并附去（即附在该急件中）我亲笔写的便条，而且是用自己的英语写的。在这篇东西寄走以前，弗里德里希读它时不言不语地皱着眉，颇有批评之意，这自然使我不十分愉快。不过他在第一次读时，感到非常惊奇，并高呼这一重要的著作应该用另一种形式出版，首先用德文出版。我将把第一份寄给你和德国的老历史学家施洛塞尔。

　　顺便告诉你，在《奥格斯堡根》（它直接引用了科伦共产党人案件中的我们的通告）上我读到，"似乎"从同一个来源，即从伦敦又发生了一个新的通告。这是一种捏造，是施梯伯先生按我们的作品搞出来的可怜的改编；这位先生由于在普鲁士不大吃香，想在汉诺威装作一个汉诺威的大人物。我和恩格斯将在奥格斯堡《总汇报》上加以驳斥。

　　再见，我的亲爱的，千万次地吻你和孩子们。

你的卡尔

艾米莉·勃朗特（1818—1848），英国著名小说家兼诗人。

艾米莉和她的姐姐夏洛蒂、妹妹安都是天赋极高的作家。三姐妹中数艾米莉最有诗才。

尽管她的诗才实际上不亚于她写小说的才华，但由于《呼啸山庄》的巨大成功，

她作为小说家的名气似乎遮掩了她的诗名。

※ 追忆

冰冷地在地下，身上盖着厚厚的雪，

迁居到远方，冰冷地在凄凉的墓场！

终于被那隔离一切的时光之浪隔离，

唯一的爱人哟，难道我把你相忘？

如今我只身一人，难道我的思念

不再在群山和北方海岸上空盘旋，

在那把你高贵的心永远覆盖的

石楠和蕨草上歇息流连？

冰冷地在地下——十五个寒冬

从棕色的山岭那里化为春天，

这追忆的灵魂啊，依然忠贞，

经过了那么多年的变迁和磨难！

年轻时代的爱人哟，假若我把你忘记，

请原谅，是尘世的潮水把我卷去；

别的愿望、别的希冀缠住了我，

它们一时障眼遮目，但无法伤害你！

再没有光明照亮过我的天空，

再没有第二个早晨为我闪光，

我所有的幸福都来自你宝贵的生命，

我所有的幸福都已同你一起埋葬！

可是啊，当金色梦想的时日逝去，

甚至绝望也没有毁灭的力量，

于是我学会了如何不依靠欢乐

去把生活珍惜、充实、加强。

于是我止住了无用的悲恸之泪，

不再让年轻的灵魂对你倾心；

坚决禁止去热烈地渴望坟墓，

那坟墓哟，已不仅仅属于我一人。

即使如此，我也不敢任灵魂垮下，

不敢沉溺于回忆的狂喜之痛，

一旦陶醉于那神圣的忧伤，

我怎能再寻求尘世的虚空？

(彭予 译)

陀思妥耶夫斯基

费奥多尔·米哈伊洛维奇·陀思妥耶夫斯基（1821—1881），俄国著名作家。
他一生创作了三十多部中篇小说，如使其在文坛崛起的《穷人》和《两重人格》《白夜》
《尼托契卡·涅兹瓦诺娃》等。长篇小说有《被侮辱与被损害的》《死屋手记》及
《罪与罚》《白痴》等。他"无可争辩、毫无疑问地是个天才"（高尔基语）。

※ 致昔日情人

你的信，我的宝贵的朋友，由巴苏鲁夫（书店）转给我的，收到得太迟了，恰在我出国的时候才送到。那时真是匆忙万分，无法给你回信。我是在良好的星期五（我相信是4月14日）离开彼得堡的，我到芮斯顿的旅程历时极久，屡经顿挫，所以直到现在才得拨冗和你一说。

我亲爱的，关于我的事，你当是毫无所知，无论如何，在你发那封信的时

候，你是毫无所知的，对吗？今年2月间，我结婚了，原来是，依据我和司捷乐夫斯基（出版人）订的契约，在去年11月1日以前，我应当交出一部新小说，篇幅要在普通版本的10个对折页以上，否则我便要认罚一大笔款项，这时间我正在为《俄罗斯消息》写一部小说，已经写好了24个对折页，可是还要12个对折页才得完结，而当时又为司捷乐夫斯基写10个对折页。这时已经是10月4日了，我却还没有动笔，未留可夫便劝我雇用一个速记生，我只需把小说口述出来，让他抄写，这样工作的速率可以加快4倍。速记班的教授阿尔金便把他的一个优等生让给我，那是一个青年姑娘，我便雇用了。10月4日我们便动手工作起来。我的速记生，安娜·格里戈里夫娜·司涅金，一个年轻而又颇美好的20岁的女子，家教极好，在学校中是以优等毕业的，情性异常和善且聪明活泼。工作进行速度非常。11月28日，我的小说《赌徒》便已完工，只用了24天。我看出我的速记生，老是很诚挚地爱慕着我，虽然她口里没有说过一句，却可以看出来。我喜欢她的情感也一天一天增加起来。自从我的哥哥去世以后我对于生活就感到了万分苦闷，难于支持，因此我便向她求婚。她同意以后，现在我们便结婚了。年龄的相差（她年20，我已45）真是令人咋舌，可是我还逐渐更相信她一定是能够得到愉快的。她有着一颗善良的心，她也能够爱我。

现在把关于我的境遇大概说一说。你是有几分知道的，我的哥哥逝世以后，他的杂志的麻烦令我恼恨欲绝，以致身体失掉了健康。后来因为销路大减而我也弄得精疲力竭，便把杂志停闭了。其次，那3000卢布（我卖书给司捷乐夫斯基所得的），我拿来用在杂志上面的以及我的哥哥的家庭并还债，加上我的哥哥在杂志方面未付的欠款，总共债额在15000卢布以上。这是1865年我出国时候的经济状况，那时我带在身边的只有40拿破仑金币，在国外，我念念于债务，觉得达15000之数，只有靠我自己才能偿清，此外，我的哥哥实在是我的一切，他之逝世更令我感到生活之苦恼与烦闷，我还是想找一个能够与我情投意合的人，可是没有找到，后来我便埋头在工作中，着手写一部小说，加可夫给的稿费比别人要多些，所以便把小说给他了。可是这小说的37个对折页，再加上给司捷乐夫斯基的10个对折页，这样多的东西，写起来实在太吃力。而我终于写好了。于是我的羊痫风病便弄得频发不已。可是，虽然病加剧，我的心却安了，我于生活需要之外，并续还了12000卢布的债务。现在我的债务总共只有3000卢布，可是这3000卢布是再坏不过的了。你还得越多，那些债主便越是变得迫不及待的样儿。你要注意，假使我不把那些债务承受下来，这些债主便会分文不得。

他们自己也知道这种情形的，所以他们当初都是很小心地请我额外施恩把那些债务承受下来，并答应绝不令我为难的。可是我竟能续还了12000卢布的债务，于是那般尚未得到债款的债主便大起贪念，不断地麻烦起我来了。现在要到过年的时候我才有进款，并且若是我现在写的这部书不能完工，进款还是无指望的。可是他们老是闹着，不叫我有一刻儿安宁，我又怎能写好那部书呢？这便是我偕我的妻子出国的缘故了。

复次，我盼望到国外我的病症能够好将起来，因为近来彼得堡的生活简直令我不能工作，我再不能在夜里工作了，因为每一次都会发病症。我要恢复健康，并完结我的工作，便非易地不可。我向加可夫去预支钱，他很愿意地支给我了。他们待我非常客气要好，在最初，我便对加可夫申明，我是一个崇奉斯拉夫的政治文化的人，对于他的某一些意见我是不同意的。可是这种申明反使我们的关系更加亲密起来，减少了许多隔阂。他实实在在是一个最高尚的人。我以前并不深知他。他的无限的自私自利之心自然是他最大的弱点。可是谁没有无限的自私自利之心呢？

留在彼得堡的最后几日中，我遇着卜里尔金夫人，便去看她一次，我们谈了许多关于你的事，她很喜欢你，她告诉我，说我竟和一个妇人快活去了，她觉得非常难过，我预备写信给她，我喜欢她。

你的信给我一个很难过的印象。你说你非常难过。过去一年中，我没有知道你的生活情形，也不知道你有什么心事；可是就我所知道你的一切判断起来，你要快活是很难的。呵，我亲爱的，我并不叫你去求那无价值快乐，我很尊敬（我老是这样尊敬）你的那种精密的天性，我确实知道你的心是不禁要求生活的。可是你自己以为人们不是圣贤，便是盗贼，我是就事实加以判断的，你自己去求得结论吗。

Avrevois（再会），我的永世的朋友！我恐怕这封信在莫斯科找不到你。无论如何，请注意，在5月8日（旧历）以前我是在芮斯顿的，（无论怎样都是在的，以后就走了）所以，倘使你愿意给我回信，便请接到这封信后就写来。（沙克逊，芮斯顿城，陀思妥耶夫斯基收——留局待取。）以后的通讯处我当再通知你。再会！我的朋友。紧握着并吻你的手。

你的陀思妥耶夫斯基

1867年4月23日（新历5月5日，）于芮斯顿

托尔斯泰

列夫·尼古拉耶维奇·托尔斯泰（1828—1910），俄罗斯著名作家，
代表作有《战争与和平》《安娜卡列尼娜》《复活》等。
其作品对俄国文学和世界文化都发生了巨大的影响。

※ 关于《爱情！爱情！》

许多不相识的读者的信早已寄到了，还有陆续在寄到我这里来的，要我作一个更清楚更简单的说明，来解释我写这篇小说《爱情！爱情！》是什么意思。我要尽我的能力来试一试，把要求我做的做到，很简练地说明白我希望这篇小说能传达的是什么样的一个元素，以及从这篇小说里，我想，能得出来的是什么样的一些结论。

第一，在我们这个社会的所有阶层中，无不根深蒂固地有着一种思想，势力甚大，而且由虚伪的科学在那里支持着，竟说性生活为健康所必须，因之有时候，发生非婚性交，或发生除了付一笔夜度资之外，男人再没有其他义务的性交，人们竟说是十分自然的事，因此，似乎还应该鼓励哩。

这种思想散布得这样广，又这样的根深蒂固，因此在医生劝导之下，竟有父母为他们的子女安排淫乱之途的；同时，许多政府——它们的唯一的目标应该是他们的公民的道德健康——进而组织淫乱，对整个这一阶层的妇女（她们是命里注定的，要为了满足男人的需要，连身体和道德都是绝灭的）加以管理监督，而没有结婚的人去逛妓院，良心上更是一点也不内疚，可以去放荡行乐了。

如果认为，有人为了别人的健康，灵魂和肉体都应该受蹂躏，这怎么会对呢？这如同说，有人应该为了他们的健康的缘故，去喝别人的血，一样的是荒谬之极的。

我从这里面所得到的结论就是我们断不能容许这个错误，断不能容许这种欺骗。为了抗拒，我们必须拒绝接受不道德的教条，不管虚伪的科学如何支持它们。还有，我们必须了解这种性生活，若不抛弃他们的因为发生性行为而生下来的孩子，便是把他们的一切责任委诸妇女，或则便是预防可能的生育，凡此都是违反了道德的最明白的要求的，都是羞耻的。未结婚的人，若不愿意做出可耻的行为来，就应该不去干这种事。

为了使他们不干出这种事来，他们必须过一种自然的生活：不要喝醉酒，也不要吃得过分饱，也不要吃肉，也不要逃避劳动（却不是体育，也不是游戏，而是真正的、使人疲劳的劳动），还有，他们必须不容许自己、甚至想也不能想，跟陌生的女人性交的事，正如他们不能跟他们自己的母亲、姊妹、近亲、或朋友们的妻子性交一样。

自我节制不仅是可能的，而且比无所节制对一个人的健康更少危险，更少害处，这是一个事实，任何人可以在他的周围找到成百的证据。

第二，事实是人们认为跟情人性交是健康所必需的，是一种快感，而且更进一步地，是把它作为诗意的、提高灵魂的行为，其结果当然是造成对婚姻的不忠，这在我们这个社会的所有阶层中，变得十分普遍了。

为了使他们不这样做，这种对于性爱的看法必须改变。男人和女人必须由他们的父母以及公共舆论来教训一番，他们不能把和妻子以外的恋人谈情说爱以及随之而来的性欲——不论是婚前或婚后——视作诗意的、提高灵魂的，而应该视作禽兽的行为，人类是应该以此为耻的。而结婚时所誓言的贞节，若不遵守，公共舆论应该制裁，至少应该严肃得如同不遵守金钱的契约，或营业上的舞弊，在任何情形之下都不应该赞美它，不应该像现在的小说、诗歌、歌剧等等那样极尽赞美之能事。

第三，人们对于生育儿女的看法也是不正当的，它本是结婚的目的，结婚的理由，现在却变成快乐的恋爱关系不能继续下去的障碍了，结果是不论已结婚或未结婚的人，用各种方法来节制了生育，这种方法现在散播得很广了；还有一种行为，从前绝没有存在过的，现在在族长制的农民家中也是不存在的——就是怀孕以后，与女人还在哺乳的时期内，继续性的关系。

第四，在我们的社会中——被当作享欲的障碍物的孩子，或被当作一个意外、一个不幸的孩子，或者被当作一个特殊宠物的孩子——难怪父母对孩子们的教养，是不预备孩子们将来履行人生的职责的，不预备将来他们有理性、有爱心的，难怪所期望于孩子的，只要他们能满足父母。其结果是人类的孩童像小动物一样地养大了，父母关心孩子的，倒并不是筹备他们将来的一些人类应该从事的活动；父母给孩子们过度的营养，使他们的躯体器官过度地长大，他们清洁、白胖、健康而且漂亮好看。

而这些娇养惯了的孩子们，正如一切喂得过分饱的牲畜一样，在过早的年龄里就很不自然地显露了强烈的性欲的敏感。这在他们尚未发育成人的时候，就使他们可怕地痛苦了。他们的生活环境，周围又尽是这些：衣服、书本、旅行、音乐、跳舞、美食——从他们的糖果匣上的画片到他们所阅读的小说、传奇和诗歌，总之是一切——或多或少，无不是增强他们的这一敏感的。作为结果，就是男女小孩子都染上了最可怕的性的恶习惯和性的疾病，常常在他们成年以后，还改不过来。

第五，在我们的社会中，青年男女坠入情网，反而大受颂扬，仿佛恋爱是人类行为中最高尚的、最富于诗意的目标（我们所有的艺术和诗歌中都找得出证据来）。年轻人把他们一生中最好的青春献给恋爱了——总是男子出去猎艳、追求，然后（不管是结婚也好，或自由结合也好）占有了那些最吸引他们的女人；而妇人和少女也在尽情引诱、在设陷，使男人和他们自由结合或结婚。

在这种方式之下，许多人的最优秀力量消耗在不仅无益、而且有害的活动中了。我们的无意识的奢侈大都是这种方式下的结果。此外的结果还有男子的懒惰。至于女人的没廉耻，她们总是向堕落的女人去学习流行的翻新式样，裸露她们的一部分刺激性欲的肉体。

它是错的，因为它虽可以说得如何高尚理想，与爱情结合——不论经不经过结婚的仪式——作为一个目标是没有意义的，正同吃得丰富一样的没有意义，但许多人却认为吃是至善至美的哩。

从这里得出来的结论是：我们必须煞住不再把性爱当作什么特别提高灵魂的东西，我们必须了解，不论是为人类、为祖国、为科学或为艺术的服务（为上帝的不必说了），绝没有一种目的可以借爱情的结合（不管有或没有结婚的仪式）而达到的可能。从反面言之，坠入情网对于任何有价值的志向，不仅不会省力（虽然人们可以在散文和韵文中间找出这种证明来），却常常是障碍。

以上几点意思便是我要在我的小说中间说出的，而我以为我已经说出来了的。我觉得我们要讨论的问题是如何方可弥救这种罪恶。我们所论述到的恰与我们所知道的人类进步的步调相合，而且与社会上的道德观点协合，也跟我们的常常痛斥淫欲，赞赏贞洁的良心协和。因为这几个论点只不过是从福音书的教义里摘录得来的，是不可避免的结论，而这些教义，我们若不全部承认，至少承认是我们的道德观念的根本。

而这是基督教的理想——在地球上建立上帝的王国——这一个理想已由先知预言了，到那时候，万物都受上帝的教化，世人将干戈铸成犁，他们的长枪将改成耙，羊羔和狮子同睡，万物在爱中结合。人类生活的全部意义就在向这个理想前趋；所以全面的向基督教的理想迈进，并向着贞洁——这个理想的条件之

————去努力，绝不会使生命成为不可能延续的。相反的，没有了这个理想就毁坏了进步，而真正的生命也会不可能存在下去了。

说如果人们全力追求贞洁的话，人类便会绝灭，这种辩词正同那另一个辩词，说人们如果代替了生存竞争，而尽力爱朋友、爱敌人、爱一切生命，人类也要绝灭。这种辩词的来源，在于他们不了解两种引向道德的方法的不同。

有两种方法可以给路上的旅行者指点迷津，同样有两种方法可以给真理的追求者指明道德的途径。一个方法是告诉他一路上有什么可以遵循的标志，旅行者可以依照这些标志走正他的路；另一个方法是只给他一个罗盘针的方向，罗盘针上只有一个不变的方向，所以他要是走错了路，会立刻知道的。

（徐迟　译）

※ 我不能离去

索菲娅·安德烈耶芙娜：

我再也无法忍耐下去了。接连三个星期，每天我都对自己说：今天我一定要说出一切。然而我依然怀着惆怅、悔恨、恐惧和幸福的心情离开了。每天夜里，我都和今天一样，总是痛苦地对自己说：我为什么没说呢？我该怎样说，又说些什么呢？现在，我带着这封信，如果我又一次没有说，没有勇气对您说出一切，那就让我交给您这封信吧！

我觉得，你们全家对我有个错觉，似乎我爱上了您的姐姐丽扎。这是不对的。您写的中篇小说深深地映入我的脑海，读过之后，我确信了一点，我——杜勃利兹基（索菲娅小说中的男主人公，托尔斯泰以他自诩）——不配憧憬幸福，您对爱情有着美好的，诗一般的追求……

您将爱上谁，我不嫉妒，将来也不嫉妒。我觉得，我能为您高兴，像为孩子们高兴一样。

过去我曾写过：只要同您在一起，我立即就会记起我的年龄大（当时托尔斯泰三十四岁，而索菲娅只有十八岁）和不可能得到的幸福，对，正是您。

但那时，直到后来，我是在欺骗自己。而当时，我也许还能够扯断一切，再次回到我那个人奋斗、潜心干事业的狭小的"修道院"中去，可现在我却什么都做不下去了。我觉得，是我扰乱了你们的家，我失掉了和您——一个诚实的人作为朋友的单纯而珍贵的友谊。但我不能离去，却又没有勇气留下来。您，一个诚实的人，要坦率地，不要匆忙，千万不要匆忙，告诉我，该怎么办。一个人嘲笑什么，他自己也就要为其付出代价。假如一个月前有人对我说，一个人会像我现在这样痛苦，我会笑死的。但我现在却正是在为幸福而痛苦着。诚实的人，告诉我，您是否愿做我的妻子？只要是出自内心，您可以大胆地说，"可以"；倘若您对自己还有丝毫的怀疑，那就说"不行"好了。

看在上帝的份上，好好问问您自己。

听到"不行"，对我说来是可怕的，我能预见到这一点。但我会找到经受这一切的力量。倘若我做您的丈夫，而您又不能像我爱您那样地爱我，那才更加可怕。

※ 致索菲娅

一

……我的出走会使你难过，对这一点我感到抱歉。不过，请你理解和相信：我不能采取别的办法。我对家中的处境已是忍无可忍了。除其他各种因由，我不能再在这种我生活过的奢华的环境中生活，我要像我这样年龄的老人惯常做的那样去做：脱离开尘世的生活，在偏僻的地方，在远离喧嚣的幽居中度过自己的晚年。

请你理解这一点，假如你知道我在哪儿，也不要去追赶我。

你这种奔波只会使你和我的处境恶化，并不能改变我的决心。

感谢你同我在一起诚挚地度过了48年的生活，我请求你原谅我在你面前犯下的罪过，同样我也从内心深处原谅你可能在我面前所犯的过错。我的出走使你处在一个新的境况中，我劝你容忍顺应这个新的处境，不要对我有恶感。假如你想通知我什么，请转告萨莎，她将知道我在什么地方，并把必要的事通知给我。

她不会说出我在什么地方，因为她已答应我不告诉任何人。

列夫·托尔斯泰

1910年10月28日

狄金森

艾米莉·狄金森（1830—1886），美国浪漫主义女诗人，一生写诗自娱，终身不嫁，却写出极有力量的爱情诗。

※ 野性的夜！

野性的夜！野性的夜！

只要我和你同在一起，

野性的夜就是

我们豪奢的喜悦！

风，无能为力，

心，已在港内——

罗盘，海图，

此刻都已不必！

泛舟的伊甸园——

呵，海！

让我停泊吧，泊在

你的水域，在今夜！

（张芸 译）

※ 灵魂选择自己的伴侣

灵魂选择自己的伴侣，

然后将房门紧闭；

她神圣的决定

再不容干预。

她漠然静听车辇

停在她低矮的门前；

她漠然让一个皇帝

跪上她的草垫。

我知道她从人口众多的国度

选中了一个；

从此闭阖上心瓣

像一块石头。

（张芸 译）

※ 我为什么爱你，先生？

我为什么爱你，先生？

因为——

风，并不

要求小草

回答，为什么

当他经过

她不能站稳原来的位置。

闪电从不询问

眼睛

为什么他经过时

她总要闭上，

因为他知道

她说不出，

理由并不包含在

为文雅人所喜爱的

言语里。

（张芸 译）

聂鲁达

聂鲁达（1834—1891），捷克诗人，小说家、小品文作家，捷克现代诗歌的奠基人。代表作有《基地的花朵》《诗集》《宇宙之歌》《故事诗和叙事诗》《平凡的主题》和诗人死后出版的《星期五之歌》。

※ 天使是女的吗？

今天来说说这么一件半似轻薄，又半属神圣的事情吧！上帝托付于我的，是将读者从惶恐领向安宁，从黑暗领向光明，从暂时领向永恒。在目前，则是从狂欢节领向斋戒节。说来也是，在即将来临的为期八天的喧嚣的狂欢节之后，在纵情嬉闹之后，接着便是一本正经、灰惨惨的斋戒节了。我这篇文章正是为这些日子和这个转变而撰写的，提供读者思考。

也许事出偶然吧。我不知道她的名字本来就叫米娜呢，还是写信时才用了这么个名字。总之，"米娜"给我写了一封信，要我解答一个"迄今尚无人解答的、令人困惑的问题"：天使是什么性别？既然人家都说我是百事通，想必这个问题也是清楚的，米娜这么恭维我说。

那好吧，我这就来解答这个问题！不管怎么说，反正一年之中人们谈论天使没有比眼下狂欢节前后谈得更多的了，因而这个问题提得也挺及时。在这里，我不如马上说明我完全赞同米娜小姐的见解，她说："在所有语言中，天使可能都是男性，然而，您难道能想象天使是肌肉发达的男子形象吗？……对男子健壮的体魄我致以莫大的敬意；可是'天使'这个概念依我看只能以妩媚、纤秀的女性来体现。"是的，天使是女性！而且我这里只用短短六个字便可无从反驳地立即予以证实，如果……

显而易见，米娜小姐的这番话，道出了大自然明白无误的声音，说明天使与女性之间看着一种不容置疑的亲缘感。这一声音和这种亲缘感在全世界妇女的头脑和心灵里都会唤起共鸣。对此我丝毫也不怀疑。这一点非常重要。同样重要而耐人寻味的是，类似的亲缘感在我们男子身上却一点儿也没有。以我本人为例吧，我就从来不曾把自己看成一个天使般的人——以名誉担保，决计没有！同样，在我走近女人时，我从未期望她们之中有谁会嘴里吐出"安琪儿"这个词儿来。与此相反，我自己倒是每每看到女人便会情不自禁地赞叹："真是个名副其实的安琪儿！"同样情况在别的男人身上，肯定也会发生。当然也不无例外。有些男人自称"安琪儿"，是的，甚至用此签名。比如希拉格的某画家、某裁缝、某商店老板、某杂货铺掌柜等等。尽管如此，我们却一点儿不相信他们身上有天使的禀赋！也许他们自己也不相信。

因而，正是我们男人，在看到女人时会不由自主地联想起天使。

> 林中一座小教堂，
> 立在秀丽的山岗上。
> 一群姑娘走出来，
> 好似天使从天降。

这是最普通的农民也爱唱的一支歌，我们这些"有文化"的城里人不妨在中午放学时到两所并列的小学校——一所男校，一所女校——附近去站一站。当男孩子一窝蜂地涌出来时，我们怎么说呢？"这一帮土匪！"而当女孩子走出来呢？"小天使——小天使！"恰似诗人科拉尔在十四行诗中写的那样。我们这些"成年男子"不是人人几乎都有过这样的经验，我们有时会跪在某个女性面前，活像跪在天使面前那样，抱着她的腿，仿佛害怕她会飞走似的？毫无疑问，我们这时会不由自主地联想到天使的形象：长着一对鸽子翅膀，象征善良和纯洁，或者孔雀的羽翎，说明天使同女人一样，喜欢打扮和修饰自己。

当然也有人绝对不承认女人身上有任何天使的秉性。女人嘛，他们断言，同咱们一样是人。而且比起咱们来，不如说还相形见绌哩——他们振振有词地说道。好吧，也许是这样。女人看上去跟咱们差不离，这倒是真的。她们有人的模样儿，人的面孔，如此等等。不过，试问有哪个孩子不知道，天使装扮成人的模样儿下来干预人的命运呢？只有魔鬼心里有数！我敢毫不含糊地拿出佐证来，说明天使就其性别而言是女性。至于女人是否便是天使——不，对此我还难以识别。不少比我年长、德高望重、学识渊博的人士，对此尚且无从识别哩。贝德里希·吕凯尔特在《收割的天使》一诗中，就曾叙述了这么一则故事。一群村姑在月光下跳舞，由于气候炎热，她们身上只穿了夏娃在发明用无花果叶子做时装之前穿用的服装，她们说，反正不会有人来此！却不料，这时偏偏有个人走来了：神父老先生。姑娘们慌了手脚，急忙跑去找裙子；可是年纪最小的那个——年纪最小的总是最机灵——却拦住大家说："这是干什么！穿上裙子他就认出咱们来啦。不如接着跳，别睬他。"神父瞧见她们了，转身回到家里，一面躺到床上，一面感谢上帝，因为他看见了"收割的天使"，这是丰收的好兆头。

这位年事已高、老于世故、对人和天使都有研究的男人尚且如此！这则故事肯定颇有教益。

不过，让我们再稍稍深入一下吧！如果读者看到连一度曾是天使的魔鬼也为女性，他将作何感想呢？这岂非直截了当、铮铮作响地证明，天使是女性吗？我这里不想多说，只随便举出数例供读者思考并自行判断。

生活中有谁说过男人是"堕落的天使"呢？

《哥林多后书》第十一章第十四节不是明明写着："撒旦装作光明的天使"吗？这句话不是包含着这么一层意思：撒旦装扮成天使不费吹灰之力吗？因而，每当魔鬼想把圣徒领入歧途时，他不是总装扮成自古以来就装扮的形象——女人的形象吗？

就这方面而言，上文提到的大自然明白无误的声音，即不容置疑的亲缘感，不是又在妇女们的头脑和心灵里再度响起了吗？当我们说："您是天使！"时，她们不是回答说："对，然而是带角儿的，""带小角儿的"，等等？

世上还有谁比女人更折磨人的呢？

在我们说"小魔鬼、小精灵、小妖精、小鬼怪"之类的时候，我们男人心里想的除却女人之外难道还有别的什么人不成？

一个长期同魔鬼周旋的人，不是终将为魔鬼所俘虏？一个长期同女人周旋的男人，不也是最终将为女人所俘虏？

我国那些古老的、颇有教益的民间谚语岂不发人深思？比如："姿色越是美，越招魔鬼爱。""魔鬼糖多不稀罕，罪孽外面裹糖衣。"又如："顽固不化，魔鬼当家！""魔鬼动了心，不达目的不死心。"再看下面这两句又何其惊人地相似："侍奉上帝，莫要招惹魔鬼！""侍奉上帝，莫要招惹女人。"

魔鬼的牺牲品中，绝大多数不都是女人给他驱赶来的？对此感激不已的魔鬼，不是也反过来给女人出谋献策，正如奈芒契采村实际发生的一件事情那样？在圣托玛什节前夕，村里有个女人纺纱纺到了深夜10时，因此惹恼了一位圣者。后来，不消说准是魔鬼给女人出了点子，才使这位圣者受了欺骗。

就是在上帝的殿堂里，魔鬼不也常常把男人领入歧途，使他神思不属、礼拜上帝不虔诚吗？女人在那里不也如法炮制？

画像上的魔鬼，在波兰不是身穿德国服装、在我国穿黑衣、在意大利穿红衣、在黑人地区穿白衣？这不是足以说明魔鬼的女性特征——热衷于变换服饰吗？

魔鬼娶老婆不是总挑老妇人为妻吗？试问，哪个男人会这样做呢？如此等等！……

再说下去，读者也许要叫喊起来："所有这一切无非都是可能性和反证。我要看的是确凿的实证！"好吧，这儿就是实证，说明天使是女的！

大家都知道"守护天使"吧，即守护儿童的天使！请问，当你雇佣保姆看孩子时，你是选男性呢，还是女性？读者不禁一愣。不过，他学识渊博，不会儿工夫便醒过神来，说："哎，在东方的印度，就是我们全部早期文化从那儿传来的国家，他们就有男性当保姆的呀。说不定'守护天使'这一历史悠久的古老习俗，正是从印度传到我们这儿来的呢。"

那么好吧——我不会被读者窘住的。正是在八天以前，我在这里曾引用过一首民歌：

跳舞多欢畅，

乐队他解囊。

天使日后来，

接他进天堂。

问，这里所说的天使岂非女性？

读者不禁又是一愣。好极了，让我来给他最后一击！我将拿出雷霆万钧之力的证据，说明天使确凿是女性。我这就摊牌啦，一张天下无敌的王牌。王牌嘛，便是胜利。

圣书《路加福音》第二章第十三节写道：

"忽然有一大队武士来到天使的身边。"

马克·吐温（1835—1910），原名塞缪尔·郎荷恩·克莱门斯，
美国久负盛名的幽默讽刺作家。主要作品有《汤姆·索亚历险记》
《哈克贝利·芬历险记》和脍炙人口的《竞选州长》《百万英镑》等。

※ 致心肝宝贝莉薇

一

亲爱的莉薇，我今天给你的信已经寄出了，但是我随便什么时候都可以给这位全世界最亲爱的姑娘写信，我有了这个特权，心里非常得意，因此我不得不再写几句，即使只说一声'我爱你'也行，莉薇。因为我确实是爱你，莉薇——就像露水爱花、鸟儿爱阳光一样；就像母亲爱初生的孩子、人们爱看长期怀念的老

朋友的面孔一样；就像深情的潮水爱月亮、天使爱心地纯洁的好人一样。我是热爱你的，倘使有人把你从我手中夺去的话那就仿佛是我全部的爱情都将追随着你而去，永远永远使我的心灵成为一片死气沉沉的空荡荡的废墟一般……

……近来这10个月给了我一种新奇的、美好的生活，一种越来越广阔的向往未来的生活，这和过去那种在荒漠中生存的岁月比起来，真比几百年还强……我确实是以长期渴求爱情的全部劲头热爱着你啊，宝贝……

今天是你的生日，宝贝，你满24岁了。祝愿你在幸福和安宁的生活中度过3倍的年华，我将在这漫长的旅程中始终跟你在一起，永远爱你，照顾你！我过去一向是在独居的生活中度过这个周年纪念日并为它而感到光荣的——当初我在几千英里外，还是一个轻浮的小学生的时候，就萌发了这么一个纪念日的念头，我白天无忧无虑地玩一整天，夜里无忧无虑地熟睡一通宵，根本没有意识到这一天就是一个最了不起的日子，它好比是无人看得见似的，静悄悄地叫日日夜夜的时光在我头上盘旋似的——根本没有发觉在这一天，有两个人的行程开始了，彼此天南地北，相隔遥远，双方画出了两条路线，各自迂回曲折地前进，一时互相接近，一时又离得远了，但彼此的距离毕竟还是逐渐缩短了，老是朝着一个地点接近，终于达到一个尽善尽美的幸福境界，这就是24年长途跋涉的目标！——在我那无忧无虑的少年时代的那个日子，我并没有发觉人间已经发生了一个惊天动地的大事件，倘使没有出现这桩事情，我的全部未来的生活便会成为一个郁郁寡欢的历程了。

1869年

二

莉薇，我的心肝宝贝，现在已经安排好了，我可以准确地计算我们结婚之前，还有多少天——我真像国王一样快活啊！我是满怀感激之情的，我们的前景是光明而幸福的。2月4号是我俩的订婚周年纪念日，在那一天，我俩就将一同跨进广阔的世界，一同踏上迂回曲折的道路，直至人生的旅程终结之日为止……2月4日在我们的生活史上将是一个最伟大的日子，这个日子对我们俩都是最圣洁、最爽气的——因为它把两个分开的生命结合为一体了；它给两个没有明确目标的生命带来一个共同的事业，两者的结合就给双方完成这一事业的力量增加了一倍；它使两个探求人生的心灵有了安排生活的理智，有了生活的目标；这个日子将使我们对于阳光感到新的欢悦，对于花儿闻到新的芬芳，对于大地产生新的美感，对于人生体会到新的奥妙。莉薇，这个喜庆日子将使我们对爱情发现一种新的意义，对于悲伤体会到一种新的深度，对于崇拜有一种新的激情。在这一天，障眼物将从我们眼前消失，我们将要展望一个新世界。快点来到吧！

1869年

三

最亲爱的莉薇，这封信是我们之间延续了17个月的通信的最后一封——这是我参加过的通信中最愉快的一部分。因为在这段时间里，我们有两个月隔一天就写一封信。在那以后的12个月里，我俩不在一起，就天天都通信。谁也没有我这样的幸福，能有你这么一个亲爱的、忠实的小宝贝和我通信啊，心爱的人儿。——在这漫长的岁月里，你的信天天都给我带来一线阳光；产生一种令人心醉神迷的快感，即使有时在别的方面有什么苦闷，你的信也会使我快乐。这是我俩毕生的一度长期通信，今后就要永远结束了，我的莉薇——从今天起，在我俩的日常生活中，这桩事情就不会再占据那个光荣的地位，而是成为甜蜜的回忆了。

1870年

四

心爱的，昨天夜里，直到我上床睡觉的时候，心里老想着你，今天早晨我起来的时候，还是想着你，从那以后，你一直在我心中——自从你离开了我的视线以后，我只要是醒着的时候，心里无时无刻不想念着你。我希望你今天不难受，可是那恐怕不行。在我们环游世界的行程中，只有你和克拉拉做了这一次悲伤的航行。我是不大感情外露的，常常掩盖内心的感情，可是昨天我的心被绞痛了。我说不清楚，我多么爱你，也说不出我多么为你难受。我也说不清我对你所遭的不幸多么同情，只怪我做错了事，才叫你吃了苦头。我知道你不会怪我，可是只要我还活着，我就不能原谅自己。如果你发现可怜的小苏西果然像我所预见的那样，你那亲爱的头发可就要比我上次见到你的时候更加花白了。（亲爱的苏西，乖乖地快点好过来吧，别叫你妈妈伤碎了心呀。）

柴科夫斯基

彼得·柴科夫斯基（1840—1893），俄罗斯伟大的作曲家、戏剧家。

主要作品有《第六（悲怆）交响曲》，

歌剧《叶甫盖尼·奥涅金》《黑桃皇后》和舞剧《天鹅湖》《睡美人》等。

※ 致梅克夫人

一

亲爱的N·Ph：

我已经活过了我一生最艰辛的日子。我害羞。在我的心底，我知道你一定会像过去一样的处理我的信。我知道不应当向如你这样的人去讨恩典，你这样的人是不知道怎样去拒绝人家的。

我责备我自己，为的是我滥用了你的好心，你的慷慨和你的坦率。我虽然给我自己种种的慰解，但也枉然——内心的声音不断地在提起我的罪过。可是你今天的来信却充满了那样真诚的友情，那样温暖的愿望，使我向你请求援助的行为，仅仅成为我对你的一种感谢。怕它会引起其他麻烦，那倒是非常痛苦的。

你的信中的仁慈和友爱的声音，已经告诉我，我所做的没有错。

因此我加倍感激。你不仅给予我无价的帮忙，你甚至还知道如何使我避免心头的自怨自艾。我知道我很不容易表达我的意思。即使是最诚意的感谢也可以造成一种沉重的桎梏。为了不要造成这样的桎梏，当给予像你所曾给予的巨大的物质上的礼物时，这个人就必须具有无限的手腕。

你问我，你想写信的时候，打算随时写信给我，是否得到我的同意。亲爱的费拉列托芙娜，请你不要怀疑这一点吧！和你通信除了愉快之外还有什么呢？和你讨论音乐简直就是一种快乐。我已经告诉过你，我对你是具有同感的呀！

今年夏天我计划了许多工作，还打算医病。去年我在维琪喝过温泉水，我觉得对我的身体很不坏。但是不幸我的医生却劝我还没有医好之前离开那里，同时却又催促我今年再去治疗。

也许夏末，我将到高加索的爱森士基去，因为那里的泉水是和维琪差不多一样的。那时我打算住在我妹妹家里。我打算开始写那部歌剧，但我得先完成我现在写着的《交响乐》——你已经接受了我的奉献了。头三乐章已经大致写好。我开始了最后乐章，但最后几天我无法工作，因此只得把它搁到夏天再说了。

我将要写你所希望的那一首曲子，风格也照《谴责》（LaReprohe）似的。但我不瞒你说，这一首曲我不大感兴趣。然而一个人却往往可以这样子的写出更好的作品，我希望比柯纳的体裁更加干净。请不要以为这是对你的艺术趣味的一种讽刺。有时，在音乐里面，你会被迫走到批评分析简直没有可能的地步。举个例子说，我听了阿里兹比叶夫（Alizbieff）的《夜莺曲》，绝不能不流泪的！所有的权威都把这叫做一种崇高的庸俗。

我再一次向你道谢，仁慈的N·ph·别忘记你已帮助我从非常、非常恶劣的境遇中跑出来，我绝不能忘记你给我这样巨大帮忙的好处的。在你离莫斯科之前，我希望你再写一封信给我，并且把你的夏季地址告诉我。我能和你好好的通信，在我是一种欢喜哩。

1877年5月17日，莫斯科

二

今天我收到莫斯科来的几封信，是我离开之后转过来的。其中有你从威尼斯来的一封，亲爱的娜杰日达·费拉列托芙娜。我是多么信赖你的友情呵，我在你的身上，看出了那是上帝打发来在我可怜的人生里面救活我的一种事物！你每一封信，都表现出对别人过失的额外慷慨与仁慈。你可曾责备过我一切的疯狂吗？你了解一切，也宽恕一切，娜杰日达·费拉列托芙娜。你给我钱，让我休养。我上次的信，你现在一定收到的了，在那当中，我就预料你一定会给我的：我再一次请求你帮忙。这是多么艰难呵！你越是慷慨与仁慈，再向你要求就越加可耻。你今天的信解救了我的心灵。只要你知道你对我有多大，多大的帮助呀！我是站在一个深渊的边缘；我之所以不跳进去，唯一的理由是把希望寄托在你身上。你的友情拯救了我。我将怎样报答你呢？唉唉，我多么希望有一个时期你可以用得着我呀！为了表示我的感谢和爱，我什么做不出来呢！我将一直住在这里，等你寄钱来，我才到意大利去，意大利非常吸引我。这里很使人愉快，静得很，但稍为有点忧郁。最初的几天，我简直看呀看的也看不厌群山，现在，这些山却开始吓坏了我，压迫着我。

我期待着没有山的空间。约摸3天之前，开始下雨，天色灰黑得可怕，太阳从朝到晚都躲起来。

你说自由是买不着的。真的呢，自由那里可以买得到。然而我现在所得到的有限自由，对于我却是一种无上的快乐。终于我能够工作了。没有工作，生命对于我就毫无意义。然而和我外表上那么接近，内心那么使我感动的人一同工作，是不可能的。我经过一次可怖的谴责，觉得在这之后，我的精神并没有被摧毁，只是深深地受伤了，以为这是一种奇迹呢……

1877年11月1日，克拉伦斯

尼采

弗里德里希·尼采（1844—1900），德国哲学家，诗人，
西方现代主义哲学、美学思潮的代表者之一。《悲剧的诞生》《查拉图斯特拉如是说》
《快乐的科学》《反基督徒》《看啊，这人！》《达到权力的意志》等。
此外，写了很多诗歌、格言、散文诗等，如《威尼斯》《落日西沉》
《人性的，太人性的》等。他的语言极富个性特色，是杰出的文体作家。

※ 女人和孩子

377

完美的女人。——和完美的男人相比，完美的女人是一个更高的类型：也是某种更稀少的东西。——动物学提供了一种颇有把握得出这一命题的方法。

378

友谊和婚姻。——挚友非常可能成为佳偶，因为好婚姻是基于交友的才

能的。

双亲的继续生存。——双亲在性格和观点方面的未消解的不和谐音会在孩子的心灵中继续奏鸣，并造成他的内心痛苦史。

来自母亲。——每个男人都从母亲那里获得一幅女人的图像：他将由此决定，一般来说是敬慕女人呢，还是蔑视女人，抑或对她们整个儿无所谓。

修正自然。——如果一个人没有好父亲，就应当给自己造出一个来。

父与子。——为了重新成功地拥有儿子，当父亲的有许多事情要做。

上流社会女子的迷误。——上流社会的女子认为，倘若不能在沙龙里谈论一件事情，这件事情就压根儿不存在。

一种男性疾病。——治疗男人的自卑病的最可靠办法是，被一个聪明女人爱上。

一种嫉妒。——母亲很容易嫉妒她的儿子的朋友，如果这些朋友拥有特殊影响的话。一个母亲通常爱她的儿子身上的她自己，胜于爱儿子本身。

合理的无理。——当一个人的生命和理智成熟时，他会突然感到他的父亲无权生他出来。

母亲的好心。——有的母亲需要幸福的受尊敬的孩子，有的则需要不幸的：否则她便不能表现出做母亲者的好心。

不同的悲叹。——些男人悲叹他们的妻子被人拐走了，大多数男人悲叹没有人想把她从自己那里拐走。

389

爱情的结婚。——因爱情而缔结的婚姻（所谓爱情的结婚）对于父亲是迷误，对于母亲是必要（需要）。

390

女人的友谊。——女人能够很好地和男人结成友谊；可是，倘要保持它——却必须借助一点儿肉体上的反感。

391

无聊。——许多人、特别是女人感觉不到无聊，因为她们从来不喜欢有条理地工作。

392

爱情的一个要素。——在各种女性的爱中，总有一些母爱显露出来。

393

地点的一致与戏剧。——如果夫妇不在一起生活，美满婚姻就会更常见了。

394

婚姻的通常结果。——每种交往若不使人提高，就会使人降低，反之也一样；所以，男人娶了女人，他通常便有所降低，而女人却有所提高。当太精神性的男人如同忌医讳疾一般地抵制婚姻之时，他们恰恰最需要婚姻。

395

教以命令。——对于出生在恭谦家庭的孩子，应该通过教育使他们学会命令，正如应该教别样的孩子们学会服从一样。

396

希望真能爱上。——顺从习俗订了婚的人常常努力使自己真能爱上，以免被谴责为出于冷冰冰的利益计算。那些为了私利皈依基督教的人同样也努力使自己真能虔信；因为这样一来，他们脸上的宗教表情变化会容易一些。

397

爱情中没有停顿。——一个喜欢慢节奏的音乐家会越来越慢地演奏同一支曲子。同样，在爱情中不存在停顿。

398

害羞。——一般来说，女人的害羞是随她的美貌增长的。

399

状态良好的婚姻。——在婚姻中，每一方都想靠另一方达到一种个人的目的，这样的婚姻就相当牢固，譬如说女方想靠男方出名，男方想靠女方邀宠。

400

普洛透斯的本性。——女人因为爱情会完全变成爱上她的男人想象中的那个样子。

401

爱和占有。——女人爱一个重要人物，便往往想要独占他。她恨不得把他锁起来，倘若不是被她的虚荣心劝阻的话：虚荣心希望他在别人面前也显得重要。

402

对一个好婚姻的考验。——一个婚姻的质量借此而经受了考验：它一度容忍了一个"例外"。

403

把一切带给一切的方法。——人们可以这样用不安、忧虑以及大量的工作和思想把每个男人弄得精疲力竭，使他对一件貌似复杂的事情不再反对，而是屈从，——外交官们和女人们精于此道。

404

正派和诚实。——有些少女想仅仅靠她们的青春魅力享福终生，吃过亏的母亲们还要提醒她们精明从事，她们的所求与妓女毫无二致，只是她们比妓女更精明也更不诚实罢了。

405

面具。——有一些女人，如果也在她们身上寻找的话，便会发现她们没有内心，而只是纯粹的面具。和这种几乎像鬼魂一样的、必定不满足的东西打交道的男人要遭怨恨了，可是偏偏她们能把男人的欲望刺激到最强烈的程度：他寻找她们的灵魂——而且坚持不懈地寻找。

作为漫长交谈的婚姻。——在接受一桩婚姻时，应该提出这个问题：你相信自己和这个女人能够一直到老都聊得来吗？婚姻中的其余一切都是短暂的，而相处的大部分时间都是在交谈。

少女的梦想。——缺乏经验的少女以这一梦想自夸：她们有能力使一个男人幸福；后来她们就明白了，倘若认为需要一个少女只是为了使一个男人幸福，这恰恰意味着低估了这个男人。——女人的虚荣心对一个男人要求得更多，而不只是做一个幸福的伴侣。

浮士德和甘泪卿的绝迹。——根据一位学者的十分深刻的观察，现代德国有教养的男人们接近于墨菲斯托菲里斯和瓦格纳的混合，而绝非浮士德：祖父们（至少在他们的青年时代）则感觉到后者在自己心中絮叨。所以，甘泪卿们有两个理由——为了把上述判断贯彻到底——不适合于他们。而因为她们不再被渴望，所以她们看来是绝迹了。

作为文科中学学生的少女。——绝不要再把我们的文科中学教育强加给少女们！它总是把充满灵性的、渴望知识的、生动活泼的青年造就成——她们的老师的摹本！

没有情敌。——对于一个男人，女人容易注意他的心是否已经被自己占有；她想被爱并且没有情敌，责怪他的抱负，他的政治使命，他的科学和艺术，倘若他对这些东西怀有热情的话。不过，假如他借这些东西出名了，——那么，在和他共同生活的情况下，她就希望她的光彩也立即增加；一旦如愿以偿，她就宠爱这个情人。

女人的理智。——女人的理智表现为非常自制，头脑始终清醒，善用一切有利条件。她们把它作为她们的基本特征遗传给她们的孩子，而父亲提供的则是比较幽暗的意志背景。他的影响仿佛决定了新生命将要据以演奏的节奏与和声；而旋律却是来自女人。——对善动脑筋的人说的话：女人拥有理智，男人拥有情感和激情。至于男人事实上运用他们的理智卓有建树，并不与此矛盾：他们拥有更深刻强大的原动力；是这种原动力承载他们那原本消极的理智走得这么远。常常令女人暗自惊奇的是，男人们竟如此敬慕她们的情感。在选择配偶时，男人最想要一个深刻的、情感丰富的人，而女人最想要一个聪明、头脑清醒并且有光彩的人，这就使我们十分清楚地看到，男人是在寻找理想化的男人，女人是在寻找理想化的女人，因此，他们都不是在寻找补充，而是在寻找自己优点的完成。

412

证实赫西俄德的一个判断。——女人精明的一个迹象是，她们几乎在任何地方都善于受人赡养，一如蜂箱里的雄蜂。请思考一下，这究竟意味着什么，男人为何不受女人的赡养。无疑是因为男人的虚荣心和野心超过了女人的精明；因为女人懂得她们借依附可以保住主要的好处，乃至保住支配的地位。从源头上看，甚至照料孩子也能被女人的精明用作借口，以便尽可能地逃避工作。即使现在，当她们实际上有职业譬如说做女管家时，她们仍然善于借此混淆视听：以至于她们的职业功劳常常受到男人方面的十倍高估。

413

近视者坠入情网。——有时候，只要一副高度眼镜就足以治愈热恋者了；而如果谁具备想象力，能看到二十年后的那张脸蛋和那个身材，他也许就很容易走出爱情了。

414

仇恨中的女人。——处在仇恨状态中，女人要比男人危险；首先是因为她们的敌意一旦被激起，便不会顾及公平，而是听任她们的仇恨自行增长，一泻到底，其次是因为她们惯于发现伤口（每个人、每个政党都有伤口）并刺入那里：在这方面，她们利如刀锋的理智非常称职。（相反，男人看到伤口就会犹豫，每每会生出一种和解和宽容的心情。）

415

爱情。——女人用爱情发动的偶像崇拜，就她们通过所有那些爱情的理想化来提高她们的权力，把自己描绘成在男人眼里越来越值得追求而言，完完全全是一个精明的发明。然而，由于几百年来习惯于对爱情的这种夸张评价，便使她们也在自己的网里转圈，忘记了那个起源。现在，她们自己比男人更是受迷惑者，因而更为觉醒而痛苦，这觉醒在每个女人的爱情中几乎是必然会到来的——只要她一般来说有足够的想象力和理解力，能够受惑和觉醒。

416

论妇女解放。——一般来说，既然女人如此容易动情，容易即刻产生好感或反感，她们能否做到公正呢？她们因此也很少着眼于事情，更多的是着眼于人：即使她们着眼于事情，她们也马上成了这事情的党徒，以此而败坏了事情本身的纯洁无邪的结果。这样便发生了一种不小的危险，倘若政治和某些学科（例如历史学）被托付给她们的话。因为哪里还有比真正懂得什么是科学的女人更罕见的东西呢？最好的女人甚至哺育了一种对它们的隐秘蔑视，仿佛它们被她们用某种方式打过屁股似的。也许这一切可以是别种样子的，但目前确是如此。

417

女人判断中的灵感。——女人惯于作出的那种即兴的取舍之决定，她们凭借突如其来的好恶使私人关系迅速明朗的做法，简言之，女人不公正的表现，都被爱她们的男人罩上了一层光彩，仿佛所有的女人皆拥有智慧的灵感，而且无需德尔斐的神龛和月桂花的饰带：在那以后，她们的话语仍然像女巫口中的神谕一样被诠释和重视。可是，人们只要想一想，对于每个人、每件事，总有一些东西是适合的，同样也总有一些东西是不适合的，一切事物不只有两面，而是有三面和四面，那么，用这样即兴的决定来把握而完全落空就几乎太难了；人们甚至可以说：事物的本性就是安排得使女人一贯正确的。

418

让自己被爱。——由于在一对情人中，通常一方是爱者，另一方是被爱者，因而产生了一种信念，似乎在每一爱情中存在着一个爱的常量：一方从中占有得愈多，对另一方来说就剩下得愈少。虚荣心使各方都相信女方似乎是必须被爱的一方，这种情况是例外；于是，双方都想让自己被爱：婚姻中形形色色半是滑稽半是荒唐的争吵大多由此而生。

419

女人头脑中的矛盾。——由于女人看重人远甚于看重事情本身，因此，在她们的思想中并存着逻辑上自相矛盾的倾向：她们恰好惯于给这些倾向的代表轮流鼓劲，并且对他们的体系兼收并蓄；不过，不论何处，如果有一个新的人物后来居上，那里便会出现一个废墟。也许，一个老妇人头脑中的全部哲学就是由这些纯粹的废墟组成的。

420

谁更痛苦？——在一个女人与一个男人之间发生私人冲突和口角之后，一方往往因为想象自己给对方造成了伤害而痛苦；相反，另一方往往因为想象自己对对方伤害得不够而痛苦，于是竭力用眼泪、啜泣和哀戚的表情使对方的心情持续沉重。

421

女人大度的机会。——如果我们暂时抛开对社会风俗要求的考虑，那么，不妨设想一下，天性和理性岂不会指导男人先后结多次婚，譬如说以这种方式：在两岁到二十岁时，他先和一个年龄较大的姑娘结婚，她在心智和品德方面都优于他，能够引导他渡过二十岁的危险（野心，仇恨，自卑，各种激情）。然后，她的爱情将会完全转变成母爱，在男人三十岁时，她不仅容忍、而且以有益的方式鼓励他和一个非常年轻的姑娘联姻，并由他担负起教育姑娘的职责。——婚姻在二十岁是必修课，在三十岁是有用却非必要的课程：在更晚的年岁，它常常是有害的，会导致男人的精神退化。

422

童年的悲剧。——这种情况或许并不少见：高贵的、有崇高追求的人在童年经受住了他们最艰苦的斗争。其方式也许是，他们不得不反抗一个心智低下、忠于假相和谎言的父亲，以贯彻他们的信念，或者更有甚者，如同拜伦伯爵那样，生活在与一个幼稚可笑、喜怒无常的母亲的斗争之中。如果有过这番经历，便终生不会忘记，对一个人来说，究竟谁是做过最危险敌人的最伟大者。

423

母亲的愚蠢。——在判断一个人时，最严重的错误是由他的父母做出的：这是一个事实，但是怎么来解释它呢？是因为父母对孩子有了太多的经验，便不再能把它们概括为一体？我们发现，当旅行者身处异乡时，只在其停留的最初日子里，他们才能正确把握一方人民的独特的普遍特征；他们愈是熟悉当地人民，就愈不懂得识别后者身上的典型和独特之处了。他们一旦近观，他们的眼睛便不再远眺。因此，既然父母始终站得离孩子不够远，他们岂不当然会判断失误？——也许还可以作如下完全不同的解释：人们惯于对自己周围最靠近的事物不复深思，而只是接受。父母的这种习惯性的无所用心也许是一个原因，使他们在必须对自己的孩子下判断的场合不能中的。

424

从婚姻的未来考虑。——那些有自由思想倾向的上流社会女子以教育和提高妇女为自己的使命，她们不该忽略一个观点：按照她们较高的理解，婚姻是异性之间的心灵友谊，同时，正如人们结婚时所希望的，它又是与新一代的生产和教育这个目的相联系的——这产生一种婚姻，它仿佛只是把性欲用作一个更伟大目的的暂时的、不常用的手段，因而就像人们不得不做的那样，它很可能需要一种自然的补充，即姘居关系；倘若基于男人健康的理由，妻子也应是他满足性欲的唯一途径，那么，在选择一个配偶时，便会发生一种更大的错误，使违背上述目的的观点提供了标准：后代的获得将成为偶然的事情，幸运的教育将几乎不可能。一个好配偶应该是女友、助手、产妇、母亲、家长、管家，甚至也许还必须在丈夫之外独立担当她自己的事业和职务，她就不可能同时做姘头：一般来说，这意味着对她要求过高。于是，有朝一日，雅典伯里克利（Perikles）时期发生的情况可能会重演：当时，男人在其妻子身上不过拥有一个姘头而已，此外便求诸于阿斯帕西娅们，因为他们需要一种令头脑和心灵轻松的交际的魅力，而这样一种交际唯凭女人的妩媚和心智的柔顺才能缔造。就像婚姻一样，一切人类制度在实践中都只允许适度的理想化，否则就必然会遭到粗俗的纠正。

425

女人的狂飙突进时期。——在欧洲的三四个文明国家里，经过若干世纪的教育，人们可以把女人造就成想要的一切，甚至造就成男人，当然不是在性别意义上，然而是在其他任何意义上。在这样一种影响下，她们一度获得了一切男性的德行和长处，不过同时只好把男人的弱点和负担也一块儿接受了下来：正如已经说过的，人们可以强求如此之多。但是，我们怎么忍受得了这样引发出来的也许会持续好几百年的中间状态，而同时又保持住女性的天真和任性，她们古老的小礼物，以及对一切添加和习得之物的优势呢？这将是一个这样的时代，在那时，愤怒成为真正男性的感情，愤怒于全部艺术和科学被空前规模的业余爱好浪潮淹没和淤塞，哲学的谈论充满胡说八道，令人厌倦得要死，政治比任何时候更扑朔迷离，派性十足，社会全面解体，因为古老风俗的女卫士们自己已变得十分可笑，在各个方面都竭力置身于风俗之外。既然女人在风俗之中拥有她们最大的权力，在她们放弃了风俗之后，她们该朝哪里伸手，才能重获同等的权力呢？

426

自由思想和婚姻。——自由思想家是否要和女人一起生活？我大致上相信，他们像古代说真话的鸟一样，作为当代的真理思考者和宣告者，必须做到单独飞行。

427

婚姻的幸福。——一切习惯之物都在我们周围织成越来越坚固的蜘蛛网；而我们很快就发现，蛛丝变成了绳索，我们自己像蜘蛛一样坐在中央，这蜘蛛把自己囚禁于此，不得不靠它自己的血为生。所以，自由思想家仇恨一切习惯和规则，一切持存者和确定者，所以，他不断地忍痛撕扯开围绕着自己的网：虽然结果是他会被许多大大小小的伤口折磨，——因为他必须把那些丝从自己身上，从他的肉体、他的心灵扯开。他必须在他从前恨的地方学会爱，反之亦然。是的，对他来说，在他从前让他丰饶的善意繁荣的同一块田里播下龙牙，这绝非不可能之事。——他完全不考虑，他是否是为了婚姻的幸福而这样做的。

428

太近。——倘若我们和一个人太近地一起生活，那么，结果就会像我们老是用裸手去触摸一张精致的铜版画一样：总有一天，我们手中除了一张糟糕的脏纸，不再剩下什么了。一个人的灵魂也会因为不断的触摸终于被磨损的；至少在我们眼中它会终于显得如此，——我们不再看到它的原初的图画和美丽了。——人们始终因为与女人以及朋友的太密切的交往而有所失；有时候，人们还因此失去了他们生命的珍宝。

金色的摇篮。——当一颗自由灵魂终于下定决心，摆脱女人们借以控制他的那种母性的关怀和监护之时，他总会松一口气。因为与金色摇篮、孔雀开屏、压抑感之类的不自由相比，她们如此大惊小怪提防他遭受的那一阵凉风对他有什么害处，他生活中多少有点儿实际的祸害、损失、不幸、疾病、过错、迷惑算得了什么，何况他还得为那不自由心怀感激，因为他像一个婴儿一样受到了期待和溺爱？所以，那些哺育他的女人的乳汁虽然传递了母爱，却又是如此容易变成胆汁。

自愿的牺牲。——优秀女子没有任何办法可以让她们的丈夫感到轻松，如果他们出名而且伟大的话，生活往往如此，他们因此仿佛成了接纳其余男人的普遍不满和一时怒气的容器。同时代人太喜欢在他们的伟大男子身上探寻失误和蠢事，乃至明显不公正之举，只要找得到一个人，他们可以把他当作真正的牺牲来虐待和屠宰，以放松自己的心情。女人身上不乏作此牺牲的抱负，这当然使男人十分满意，——倘若他足够自私，因而乐意在自己身边有这样一个把暴风骤雨引开的志愿者。

可爱的敌人。——女人本能地倾向于平静、稳定、幸福和谐的生活和交往，在生活之海上她们具有如油一样润滑消解的作用，这一切无意中正与自由思想家内心的英雄主义冲动相敌对。她们对此毫无察觉，女人的行为就像那个人，他替一位漫游的矿物学家搬走路上的石头，以免后者踢着它们，——殊不知矿物学家正是为了要踢着它们才上路的。

两个和音的失调。——女人愿意服务，她们的幸福系于此：可是自由思想不愿意被服务，他的幸福也系于此。

桑蒂普——苏格拉底找到了一个女人，一如他所需要的，——可是，假如当时他对她充分了解，他也就不会找她：这位自由思想家的英雄主义不至于走得如此之远。事实上，桑蒂普把他弄得有家不能归，从而迫使他越来越深入到了他独特的使命之中：她教会他在街头以及人们可以在那里闲谈和发懒的任何地方生活，以此而把他造就成了雅典最伟大的街头论辩家：他最后只好自譬为一只叮人的牛虻，因神的吩咐停留在雅典这匹美丽的马的脖子上，为了不让它安静下来。

434

盲于远视。——正像母亲们压根儿只感觉到和看到自己孩子的明显痛苦一样，有崇高追求的男人的伴侣们也忍不住用同情、困苦乃至轻蔑的眼光去看她们的丈夫，——相反，对他们来说，这一切也许不仅是正确选择自己的生活方式的可靠标志，而且也是在某个时候必定实现其伟大目标的保证。女人们总在对自己丈夫的崇高心灵暗施诡计；为了一个没有痛苦的舒适的现在，她们试图骗他们忘记他们的将来。

435

权力和自由。——女人尊敬自己丈夫的程度，赶不上她们对社会所承认的势力和观念的尊敬：几千年来，她们已经习惯于向一切统治力量鞠躬和作揖，谴责任何反对正统权力的行为。所以，她们并非有意地，毋宁说是出于本能，充当了安装在自由心灵的独立追求之轮上的制动器，有时把她们的丈夫弄到忍无可忍的地步，尤其是当她们唠叨什么女人这么做完全是受爱情推动之时。反对女人的手段，尊重这手段的高尚动机，——这是丈夫们的方法，常常还是丈夫们的绝望。

436

Ceterumcenseo（另外的鉴定）。——如果一个赤贫者团体宣布废除遗产权，当然是可笑的，如果无后的人们忙于一个国家的实际立法，其可笑的程度并不稍减：——在他们的航船上，他们没有足够的重量以保证在未来的海洋上安全航行。但是，显得同样荒唐的是，一个以整个存在的最普遍认识和评价为己任的人，却让自己担当起照看一个家庭及其生计、安全、妻儿抚养的私人负担，在他的望远镜前罩上一层不透明的纱巾，使得远方星辰的光芒几乎完全透不进来。我也由此得出一个命题：在最高哲学类型的事情中，一切已婚者都是可疑的。

437

终结。——存在着各种各样的毒参，而命运通常能找到一个机会，把一杯这样的毒汁端到自由思想家的唇边，——为了"惩罚"他，如同人们事后所说的。

那么，他身边的女人们做了什么？她们会哭喊悲叹，也许搅扰了思想家的黄昏的宁静：正像她们在雅典监狱里所做的那样。"哦，克里同，让人把这些女人带走吧！"苏格拉底最后说道。

※ 孩子与结婚

我的兄弟，我单为着你有一个问题：我把这问题像探海器似的抛进你的灵魂里，去测知它的深度。

你年青，你希求着孩子与结婚。但是我问你：你配希求一个孩子吗？

你是不是胜利者，自克者，你的热情之统治者和你的道德之主人呢？我如是问你。

你的希求是兽性与愚昧的需要吗？孤独的恐慌吗？自我的不调和吗？

我愿你的胜利与你的自由希求着一个孩子。你应当给你的胜利和你的解放建造活的纪念碑。

你建造出来的，应当比你自己高出一等。所以你得先把自己建造得灵肉俱是方正的。

你不仅应当向前地绵延你的种族，而且应当是向上地！让结婚之园帮助你吧！

你应当创造一个高等的身体，一个原始的动作，一个自转的轮，——你应当创造一个创造者。

我所谓结婚，是一对人的意志去创造一个高出于他俩的人。我所谓结婚是互敬，是具有这种意志的人的互敬。

让这是你结婚之意义与真理吧：但是多余的人所谓结婚，那些过剩的人，——唉，我将怎样称呼它呢？

唉，那只是一对灵魂的贫乏罢了！唉，那只是一对灵魂的污秽罢了！唉，那只是双重的可怜的自满罢了！

他们称这个为结婚；他们说他们的结合是在天国里完成的。

大师智慧书系

好吧，我不喜欢这些过剩的人的天国，否，我也不喜欢这些陷在天网里的兽！

让那上帝远离了我吧，他跛着来祝福他自己不曾结合的多余者！

别笑这种结婚吧！那个孩子没有理由哭怨他的父母呢？

我觉得这个男子是可敬重的，成熟了的，可以抓住大地的意义；但是当我看见他的妻，我觉得世界变成了疯人院。

真的，当我看见一个圣哲与一个雌鹅媾和时，我恨不得立刻地震起来。

这一个男子英雄似的出发寻找真理；他只得到一个打扮了的小谎语。他称这个为他的结婚。

那一个男子在交际场中是很谨慎的，选择很苛的；忽然他无端地降低了他的伴侣标准：他称这个为他的结婚。

又一个男子寻找一个具有天使之道德的使婢，但是忽然他自己变成一个妇人的使婢，现在他自己不得不变成一个天使。

无论何处，我看到小心翼翼的购买者，大家张着狡狯的眼睛。但是最狡狯的购买者，也是盲目地购买他的妻。

许多短促的疯狂，——这是你们所谓恋爱。你们的结婚终结了许多短促的疯狂，而代以一个长期的愚蠢。

你们对妇人的爱情和妇人对男子的爱情：唉，但愿这是对于暗地里受苦的神一种同情吧！

但是两个兽总能互相猜出彼此的藏处。

然而你们最好的爱情，还只是一个狂欢的象征与一个痛苦的热诚。它是一个火把，照着你们走向高处的道路。

有一天，你们会爱到你们自己以外去！所以，先知道怎样爱吧！所以你们得饮干你们的爱情的苦杯。

最好的爱情之杯中也有苦汁：这样，它引起对于超人的希求，它使你这创造者干渴。

创造者之渴，射向超人之箭与希望：告诉我，我的兄弟，这是你结婚的意志吗？

我认为这种意志与这种结婚是神圣的。——

查拉斯图拉如是说。

埃明内斯库

米哈伊·埃明内斯库（1850—1889），罗马尼亚伟大的民族诗人和浪漫主义诗人。

重要诗作有讴歌1848年革命的长篇叙事诗《穆雷萨》，

爱国诗歌《我希望你些什么呢，可爱的罗马尼亚》、长诗《金星》、组诗《信》等。

※ 黑夜

黑夜，炉火燃烧着温暖的青红的光，

我在屋角的榻上躺着，向它注视，

我闭上了我的眼睑，灵魂已经安睡，

甜蜜的梦抚慰我，屋子里火光熄灭。

你从黑暗中来了，含笑向着我走来，

白皑皑，像是冬天，甜蜜蜜，像是春天。

坐在我怀中吧，亲爱的，拥抱我，

爱恋地，亲密地看着我苍白的脸。

你那温柔洁白的手臂箍住我的脖子，

在我的胸膛上，你的头也垂下，

你又举起白皙的手，梦似的抚摩

我的忧郁的额，温柔地梳着我的头发。

在寂静中，你娇媚地抚摩我的额，

你当我睡了，顽皮地、狂热地吻

在我闭着的眼上，在额上，在嘴上，

你笑着，像狂热的灵魂在梦中的欢欣。

抚爱吧，趁我的脸还光滑，还滋润，

抚爱吧，趁你还年轻，像晨曦在闪耀，

趁你纯洁如露珠，趁你美丽如花朵，

趁额上还没有皱纹，心还不曾衰老。

（孙用 译）

莫泊桑

居伊·莫泊桑（1850—1893），法国著名作家。
他的创作生涯虽仅有10年，却为后人留下了大量优秀作品。
其中，短篇小说300篇，长篇小说6部，广为人知的有《羊脂球》等。

※ 致玛丽亚

一

最诚挚的女士：我在巴黎已逗留两个星期了，因为我将那玄妙的号码（你是在这种号码之下接到我的信的）遗留在戛纳了，所以没能早点写信给你。

我的慈爱的女士，你知道，你已经让我彻底地惊呆了！你那接二连三的旁征博引的信让我无法应付，诸如乔治·桑、弗罗伯特、巴尔扎克、孟德斯鸠、犹太人巴朗、希伯，柏林的骗子教授和穆斯等人，我还没有对他们全部熟悉呢！

啊哈，美丽的假面具！现在我认识了你，你是路德维希中学低年级的级长，我相信我已经猜中了几分，因为你的纸总是带着鼻烟气味。现在我不再殷勤献媚（也许我曾这样做过？），而要把你当作一个学院派人物看待，权当作一个仇敌看待。

啊，你这古怪的老家伙，你这老练的专制者，老投机家，你把自己装扮成一个美女！终究有一天，你要把你的文章（即一个讨论"艺术与自然"的稿件）送过来，让我寄给一家杂志，并且作文加以介绍！

我没有把我在巴黎的事告诉你，这多好啊，否则，在一个美丽的早晨，我会看到一个衣服不整的老先生跑进来，堂堂皇皇地把帽子放在地板上，接着把线装的稿纸从衣袋中掏出来，向我说道："先生，我就是那位太太，她……"。

哼，我亲爱的教授先生，不管怎样，现在我要对你提出的几个问题进行回答。你把你的周围情形和嗜好等零星事件善意地告诉了我，我要首先向你致以美好的谢意。其次，你替我画了一张像，我也要谢谢你。确实很像。但我也要指出几点错误来。

1 肚子太小！

2 我从不抽烟。

3 我既不饮啤酒，也不喝烧酒，总之，酒一类的东西一概不感兴趣，只喝一点水。

因此，沉湎于酒不是我的嗜好。我常爱躺在安乐椅上，和土耳其人一样。

你知道我在近世画家中喜欢哪一个？喜欢米勒。我所喜欢的音乐家又是哪一个呢？我对每一种音乐都感到讨厌。

一个美丽的女人对于我来说比一切美术都要强得多。我把美女放在世间少有的一种佳肴的位置上。

你这个老教授，已经得到我的信条了！

…………

我求神圣的荷马为你向上帝祈祷，为你请求人类上的一切幸福。

我是近几天返回巴黎的，住在杜朗路83号。

1884年4月3日

于巴黎

二

亲爱的约瑟芬，你的来信的旨意大概如下：我们既不谋求会面，也不想以任何事情相勉强，我们愿像两个相好的同志一样，开诚相见。

我当然愿意如此，并且还要身体力行。既然我们的友谊已经很深，我们便可用亲密的称呼，这样不好吗？

……

你认为我像一个教书先生，天真烂漫的儿童应归我保护。这说法颇为不妥，你知道吗？还有，你绝不拘泥于礼节吗？在你的讲义中，著作中，言谈话语中和你的行为中绝不拘泥于礼节吗？这正是我所希望的！

你以为这种事情让我快乐？你以为我爱开玩笑？亲爱的约瑟芬，世上没有一个人比我更为苦恼的了。由我看来，没有什么事情是值得劳神或努力的。我的烦恼没有止境，我也没有什么希望，因为我没有心愿，也无所谓期待，对于那些无法改变的事物也不嗟叹。此外，我们既已完全以诚相待，所以借此机会我要告诉你，这是我给你的最后一封信，因为我对这种通信也逐渐生厌了。

为什么我还继续写下去呢？不是出于什么好玩，对于将来也没有什么希望。

我没有要认识你的意思。我确信你是丑陋的，又觉得这样把自己的自传材料传递给你也说得够多的了。这种材料按照内容来说，各值10个至20个苏呢，你知道吗？你这幸运的人儿，给你的信中至少有两篇各值20个苏！

不管怎样，我马上要离开巴黎。在这里我觉得比其他任何地方都要无聊。我将前往埃特莱特，希望在那儿索居独处。

我爱单独的生活胜于爱其他一切东西，在这种情形中至少可以安静一下，无人打扰。

你想知道我的年龄，我的确切的年龄。我是1850年8月5日出生的，至今还不到34岁。这下你满意了吧？你不会立刻再要我的照片吧？我事先告诉你，照片是不送你的。

对啦，我是喜欢美丽的女人的，不过有时恰恰是她们打击了我。

老约瑟芬，祝你快乐！我们的接交诚然不甚圆满，而且为时甚短，但我们可笑的方面彼此还没得知，也许这更为美妙些。

请你伸出手来，以便我这最后一封信抵达你处时，还可以紧紧地握一次。

莫泊桑

另外：如果有人向你打听我的消息，你可以如实相告。谢谢你的匿名，我已经向隐蔽着的你屈服了。

　　　　　　　　　　　　　　　　　　　为你祝福，约瑟芬！

萧伯纳

萧伯纳（1856—1950），爱尔兰作家、剧作家、政治家。

※ 致爱兰黛丽

一

爱兰，你真的不是病得很厉害吗？你两天前就该接到我寄给你的那个剧本了。难道你真不能够——呵！我晓得了！派拉冈1号这住址是乌有的；你相信邮局结果一定可以把你的邮件送到，所以你故意这样跟我开玩笑，——可是假使是真的病了呢？我为什么会突然挂虑你呢？千千万万样的思念跑到我的脑中来；你的字迹太不稳定；一阵可怕的3月北风正在狂吹着，你独自一人孤零零地住在那荒凉的海边，没有一个人可以给你同情的抚爱和安慰。

我再也写不下去了。我的心中充满着一些糊涂而渺茫的恐惧——如果我吃起肉来，喝起茶来，或做起什么傻事（除了爱你之外）来，我的恐惧也不过如此，我做素食主义者，曾碰到一桩奇怪的事，这种奇怪的事不是照人家身上所发生的事情，在我的身上就不会发生——事情还是照常发生的——而事情发生在我身上，便有点不同，痛苦不同，快乐不同，热情不同，无情也不同，甚至爱情也是不同的。

我是一个这么蠢笨，这么无耐心的人，我当初为何那么急急忙忙地跟你结识呢？如果我迟了几年才认识你，我现在一定可以引起你新鲜的兴趣，可是，到如今你对我的书信是感到十分厌倦了。我们还不曾谈过，将来如果跟我当面谈话，情形不知如何；现在也许只有这一点能引起你对我的新奇之感了吧。马纣特真的有派拉冈1号这个地方吗？

最亲爱和最美丽的，写信给我，假装说你是十分安好吧。

1897年3月3日

二

我不知道你读不读我这些震颤潦草的字迹。我想到你那对可怜的眼睛，原本是决心把这封信撕毁的，后来我眺望户外荒凉的乡间景色，和美丽的夜空，我再也不能耐心地读那本讨厌的书了；我必须跟你谈心；我们俩再也找不到别的时候，再也找不到别的地方，可以这样无忧无虑地谈心了。是的，你猜得很对，爱兰，我现在非常的想念你，眷恋你。我觉得烦躁不安：男人烦躁不安的原因往往是女人；我烦躁不安的原因就是爱兰。你的行为举止常常使我惊惶不止，今天我在外边闲荡，忙忙乱乱地想着一些我以为很重要的俗务；这时我偶然向店窗一望，看着你站在里头——啊，放荡无耻的人儿——穿着你在珊真第二幕中的服装，全身似乎只围着一条腰带，一边淫荡地笑着，一边恶意地说：

"喂，喂，你这烦躁不安的人，你到底在想什么？"你的脑筋藏着这种邪恶的念头，身上又似乎一丝不挂，此外还有何面目可以跟上流社会的人士往来呢？

　　啊，别再说这种使你藐视的话吧，这种话你常常听到，一定觉得讨厌的。可是，最亲爱的爱兰，这些愚憨的期望却激起了恩爱和温柔的巨浪，而这些恩爱和温柔的情感是纯洁无疵的。关于我的信，你所说的话很对；不过我的信里所表现的不是无聊和乏味，而是精疲力竭。这是书信中最恶劣的表现；我非说出一些东西不可；我不能用笔墨把我这伤痕累累的脑袋放在你膝上休息，也不能用音节不清的呼吁来减轻我心坎上的重担。当我会想会写的时候，我的思想便像石头那样地飞出去；有时这种石头是会伤害你的；我的爱情变成理智的编织物，要抚爱人家的时候，反而伤害人家了；凡当我疲倦而愚蠢时，而觉得乏味讨厌。我的文章有时便是如此，使我非常惊慌，须赶快找补救的办法。当你埋怨我的时候，我尤其惊慌，以为世界的末日到了，因为我只有一样东西可以对你说，迟早会使你觉得厌倦的。我现在独自儿在半夜的旅程上前进，觉得非常无精打采，我要睡觉，要跟你睡觉。可是，你知道这种行为的后果如何吗？到明天中午时分，当阳光温暖，鸟儿唱歌的时候，你心中就会生出一种不可抵抗的行动，想飞进树林里去，在那边，你将惶骇愤恨之余，生一个婴儿，而这个婴儿将立刻伸展一双翼膀，飞了开去；在你还未站起来捕捉它的时候，一个个的婴儿连续产生出来了——共有几百个婴儿；后来他们跟你飞到一个幸福的境域，在那边，他们将变成你的可爱的强壮儿子，跟你一同创造一个神圣的种族。你不喜欢做你自己的孩儿的母亲吗？如果你是我的母亲——我还有许多别的话要说，可是我们的车子现在已经驶到红山了。

1897年6月24日

潘克赫斯特

克里斯特贝尔·潘克赫斯特（1858—1928），英国妇女参政主义者。
主张妇女应有选举权，曾组织无党派的妇女社会和政治联盟。曾著有《我自己的故事》。

※ 战斗的女权主义（节录）

朋友们：

今天晚上，我不能不想起这个国家已经举行过的好几百次捍卫妇女公民权的集会。有多少次，高贵的女士们为了呼吁政治公正而披肝沥胆，慷慨陈词。有多少次提出了这种呼吁，人们已经充耳不闻，漠然置之了。我们所从事的并不是什么新的运动，记住这一点对我们大家都有好处。在我们之前，40年和56年前，已经有人开始鼓吹妇女参政，她们才是先驱者。她们工作勤奋，不辞辛劳，但是在那么多年孜孜不倦的努力之后，议会仍然没有通过投票赋予妇女选举权。

其中的原因，恐怕是我国的统治者对呼吁或陈情无动于衷。我认为，一般人往往看不清那些身居高位、统治他人的人的本质；老实说，他们根本不懂女权主义者通常唯一信赖的那种文明的呼吁。有一句古话说得对：天助自助者。以前的女权主义者犯了一个错误，她们过分依赖她们事业的正义性，而没有充分依赖自己的强大力量。她们认为没有那些需要正义的人的帮助，正义也能前进。我的朋友们，那是永远不可能的，过去也从未有过这种事。一种思想，只有付诸实践，才有生命和力量。这就是成功的全部秘诀，进行改革的全部秘诀。正是由于我们认识到，陈情、说理、议论的方法失败了，我们才从事新的富有战斗性的运动。这一运动，我相信，我想你们也相信，业已胜利在望。当男子们开始从事像我们这样的宣传鼓动时，他们当然也容易受到各种各样的批评和攻击，但是我认为，最危险和最令人难堪的攻击不是针对他们的，而是针对我们的。人们从来不对男子们说他们歇斯底里，说他们不知道自己在做什么。人们可能会说他们粗暴，他们的行为应受谴责，但是人们通常乐于承认，至少男子们错也错得有道理，并且认为，人的忍耐是有限度的，如果男子们过度受到压迫，他们有权反抗压迫。相反，在这次妇女运动中我们却被指责没有经过深思熟虑，一意孤行，不知道我们在干什么以及为什么那样干。

不，我的朋友们，我们从事这一运动绝不是出于轻率或考虑不周。我们早就知道我们面对的是什么。我们知道我们面对的是危险，十足的肉体危险。我们非常清楚，我们为了事业，冒着被监禁的危险。那可是一件非同小可的事情啊。在一般人看来，被监禁的是危害社会的人，是国家的敌人。监禁是对他们最严厉的惩罚。虽然如此，但是我们十分清楚，我们这些不惜一切对他人尽自己义务的人必须认识到，这种命运随时会降临到我们头上。我们早就知道，我们肯定会受到职业政客的刻薄攻击——我想没有比这种攻击更恶毒、更无耻的了。而且，因为我们是女人，我们还不得不面对另一件事，即面对这样的攻讦：说我们不像女人，有失淑女风范（你们知道，这后一条比前一条厉害10倍），出格，荒唐等等。

说句真心话，若不是有一件至关重要的大事刻不容缓，我们大家本来宁愿过正常人的生活，而不必让自己遭受我所说的那些艰难，什么事刻不容缓呢？人的自由。这是一件超越任何价值的事，唯一值得为之奋斗的事，唯一值得付出代价的事。我们正在为之斗争。我们正在为妇女的解放而斗争。男子的解放很久以前便开始了，目前他们正在自谋出路。但是在妇女——他们的母亲和姐妹——也获得解放之前，男子的解放就是不充分的。我们在为妇女的福利而努力，我们在为妇女的温饱而努力，更重要的是，我们在为妇女的尊严而努力。

在座有些女士希望有选举权，却不同意我们的方法。现在，我要对这些人讲几句话。我要问她们，为什么你们袖手旁观，为什么你们不相信我们的方法，而如果你们相信，为什么不加以实行呢？要知道，我们既不需要你们的也不需要内阁大臣们的同情。不，我们需要的是行动。我们宁愿你们和我们一起前进，而不要你们的欢呼、支持或赞扬。我们不稀罕那个。我们不希望你们来说我们干得好。我们希望你们来和我们一起干。你们为什么不投身于这种鼓动呢？你们为什么不做好入狱的准备呢？你们不应当通过别人的眼睛去看监狱，而应当亲自到那里去，如果你们认为我们去那里干得好的话。你们认为争取选举权的老办法不管用，不仅不管用，而且不光彩，不值得你们采用。我说，只满足于呼吁选举权而不要求选举权并为之斗争的妇女才不光彩哩。代价太大吗？你们不能做出必要的牺牲吗？我可以告诉你们，我们这些甘愿作出牺牲的人深感荣幸。是啊，参加这个联盟的妇女是世界上最幸福的人。我们享有同伴的友爱，我们受到敌人的尊敬，我们得到人民的支持。我们为事业而活着，我们准备去做值得做的事。我们为那些一生碌碌无为、离开这个世界时并不比来时更充实的人感到难过。他们的确一无所有。我只可怜他们。至于我们，我们为做争取进步和自由的伟大力量的工具而感到无比光荣、无比自豪。

因此，反抗是否正当，我们战斗性的方法是否正当，并不取决于成功与否。你们可以反抗非正义而失败或者表面上失败了，但仍然做得对。当你们受到压迫时，当你们受到邪恶力量迫害时，你们必须挺身而出，与之斗争。除非你们认为强权即公理，否则你们必须同意我说的话。我希望你们相信，即使我们没有成功的希望，即使我们认为我们的战斗女权运动注定要失败，我们也要继续干下去，一息尚存，此志不懈。有生之年，绝不放弃这一斗争。但是，我们要去争取胜利，因为正义在我们一边。是的，你们务必不要忘记："一个有理的人，虽手无寸铁，却好比身披三重盔甲；一个蛮横无理、丧尽天良的人，纵然披坚执锐，也如同赤身裸体。"是啊，我的朋友们，这话深有道理。我想你们会承认我们的争执是有理的。唔，连敌人都承认这一点。假如我们不在理，我们永远不会胜利，正因为我们在理，所以我们必将胜利。

好，我已经告诉你们，我们为什么采取这些方法。我已经尽力向你们说明我们的心情、我们采纳这些方法的理由以及这是些什么方法。如果你们读过我国某些报纸的社论，你们会认为我们的方法是俄国人的方法，甚或比那更坏的方法。你们的确会以为我们是一帮最危险的人物，是你们所见过的最强暴的人物。其实我们非常温良，的确，不能再温良了，一贯恪尽职守。我们不愿比自由党政府逼迫我们的往前多走一寸，因为我们不想浪费我们的精力。我们不愿也从来没有越雷池一步。我们去参加补缺选举，以反对政府。那肯定并不是很出格，也谈不上什么暴力。我们在群众大会上提出的抗议颇为引人注目，但是并没有构成生命危险，除了我们自己的生命以外。正如我所说，这些抗议并没有给我们的内阁大臣带来肉体危险，虽说令人们产生了很深刻的印象。大臣们简直怕得要命。他们躲在上了锁的大门里面，不让我们看见。现在他们行踪诡秘。他们甚至不敢冒险在火车上遇见妇女。你们看过今天的《每日新闻》关于劳合乔治先生的报道没有？他不仅不愿会见妇女，甚至躲开她们。如果他是俄国沙皇，处在他的臣民中间，那倒并不奇怪。现在他怕什么呢？为什么不相信人民？近来他们确实无疑地害怕妇女——你们还说妇女使用战斗性的方法不会成功哩。布丁好坏，尝后方知，这方面我有经验：他们害怕一个女权主义者胜过害怕5000个男子。

所以我们要在下议院有代表。这有什么不对呢？男子一向有代表，我从来没听说过男代表被捕的事，但是我们会被捕。我真纳闷，你们怎么没有看到：不是我们使用暴力，而是别人对我们使用暴力。我们没有让阿斯奎思坐过一天牢，是他通过代理来攻击和监禁我们。我们对引起这一节麻烦感到十分遗憾；我们宁愿停止使用战斗的方法，如果我们有选举权的话，是会停止使用的。瞧，事情多么简单。难道你们就不明白政府是搬起石头砸自己的脚？对此我们没有责任，他们应负责任。不要对他们浪费你们的怜悯吧，我的朋友们。全是他们自己的错。如果他们给了我们选举权，他们就不会从我们这里再有麻烦了。

但是，他们已经通过了另一项法案——公共集会法案。他们匆匆忙忙将这项由非内阁阁员的下院议员提出的法案——名副其实的强制法案——付诸实施，而且由于急于结束我们的行动（他们本可以以给我们选举权这一更好的方式来做到这一点的），他们将这个国家的公共集会权变成了徒有其名的可笑点缀。但是，这项法案将无法阻止妇女要求选举权。我们既非精神萎靡，也不缺乏勇气，一个月的监禁岂能吓退我们，让我们放弃对正义的要求！

人们在监狱里有大量的时间进行沉思冥想。我常看报纸，然后思考我们所看到的一切，于是我注意到这样一件事：眼看着世界在不停地前进，情况在迅速地发生变化，实在令人惊讶不已。我注意到，在我们被监禁的两个月里，飞机已经从理论上的、尚在未定之中的东西变成完全实际可行的东西，我们将会像使用汽车一样使用飞机，甚至更普遍。这意味着，未来的世界将与今日的世界大不相同，而首先意味着，我们自己国家的情况就要发生变化了。这就是说，我们在这个国家将要面对新的局面，我们必须把我国在世界上的地位建立在不同的基础上。我们必须使自己适应这一点。其他国家富有，其他国家比我国地大物博，有更多的自然资源。假如我们要保持我们自己在未来世界中的地位，我们这些大不列颠的男女，我们必须更好地装备起来。我们的帝国必须是一个有头脑、有智慧、有精神的帝国，否则我们就会落后，别的国家就会占有我们今天的地位。

好，我想我们大家都是真正的爱国者，都希望我们的国家强大。我们是伟大的历史的继承者；而我们将传给子孙后代什么呢？交传给未来的不列颠什么呢？是呵，我并不认为目前我国的情况很好；我并不认为人民大众身体状况、心理状况或者说精神状况达到应有的水平。因此，今天晚上我们是作为爱国者聚集在这里的。我们都希望分担拯救国家的责任。对此你们会拒绝我们吗——我们会遭到拒绝吗？我想不会的。我认为，所有胸怀坦荡、心地纯洁的人都将同我们一起参加这一斗争。这不是一个党派问题，这是整个国家的问题。这不是一时的问题，它是任何时候都适用的问题。我号召今晚在座的男士们同我们联合起来，帮助我们战胜这个在当前成为人类进步道路上最大障碍的政府。如果说男子仍然闭眼不看这些事实，那么妇女则是清醒的，而且妇女有力量；她们获得她们所需要的自由的绝对力量；她们有力量和才能夺取这一不可缺少的改革武器，改革符合她们自己的利益，也符合她们热爱的国家的利益。她们应当有自由，她们很快就会有自由。

契诃夫

安东·巴甫洛维奇·契诃夫（1860—1904），
第一个以短篇小说的创作成就登上世界文学高峰的俄国作家。
主要作品有小说《胜利者的胜利》《变色龙》《胖子和瘦子》
《套中人》及剧本《海鸥》《三姊妹》等。

※ 致亲爱的女戏子

一

亲爱的女戏子，我问你好！你是因为我许久没有写信给你而发愁吗？我是常常写的，你之没有接到我的信的缘故，是因为邮局把我们的交情妨碍了。

我祝你新年快乐。我真诚地祝福你，拜倒在你的小脚之前。

祝你快乐，有钱，康健，并且事事称心！

我们很好，吃得多，谈的多，笑的多，还说及你，等你妹妹到莫斯科去时，她可以把我们过圣诞节的情形告诉你。

我还没有恭喜你在《孤寂生涯》里的成功呢，我于今仍然梦想着你们到亚地来，我可以在舞台上看《孤寂生涯》，我可以从心里真诚地恭喜你的成功。我写信给未阿耳叫他扮演一个神经过敏人时不要太粗暴了，你知道芸芸众生都是神经过敏的，大部分的人都是受苦难，小部分的人所受的苦难更甚！但是无论在街上或是人家里，他可以看见他们大哭号啕，顿足捶胸的。痛苦应当如同平常人在生命中所受的痛苦一样的在舞台上表演出来——那就是不用手用脚来表现的，是用语言同表情去表现痛苦，不是用粗手粗脚的，是要柔和的演来，狡猾阴险的受教育者的念头，是要用刁滑的外面表情去表演的。你不要说——那是做戏呵，但是不论是做戏，不忠实的表情总归是不好的。

1900年1月2日自亚地

二

亲爱的女戏子，在你的信上看得出一种阴沉沉的忧闷！不快乐——可是这种忧闷不会长久，我想一刻儿工夫就消散了。你高高兴兴地坐在火车上，精神快慰地吃你的饭了，你同马沙先来，这是多么好的事。我们至少可以谈谈心，散散步，吃吃喝喝了。但是请你千万不要带……—同来。

说我没有写新的戏剧，那是报纸上说谎话。报纸上是从来没有说起过我的真消息的。假如我真没有着手写另一篇剧本，第一件要做的事还不要先报告你？既没有告诉你，当然是在写另一篇新剧本了！

此地刮大风！春天还没到，但是我们出外也可以不带皮帽了。郁金香花快要开了。我有一个好花园，只是不怎样整洁，藓苔满地——是一个杂拌花园。

高尔基在这里，他很夸奖你同你们的戏院。你来的时候我介绍你认识他。

亲爱的！来了人了。一个客人进来了，再谈罢！

1900年3月26日于亚地

泰戈尔

罗宾德拉纳特·泰戈尔（1861—1941），印度诗人、作家、社会活动家。

一生著有60部诗集和其他文学作品，并擅长绘画和作曲。

所作《向祖国致敬》1950年被定为印度国歌。名著有《春歌》》《晨歌》《园丁集》

《飞鸟集》《新月集》；小说《沉船》《戈拉》《家庭与世界》等。

1913年以其诗歌《吉檀迦利》荣获诺贝尔文学奖。

大师谈亲情

205

※ 少女

一

如同云雾化作雨滴垂落下来，听凭泥土拘禁，女性不知从何处来到人世，甘愿接受束缚。

等待她们的，是人迹稀少的狭小天地。她们要把自己的言语、哀怨、忧愁，一切的一切，储存在这狭小的天地里。因而她们蒙着面纱，戴着手镯，她们的庭院的四周是推不倒的高墙。

女性是樊篱的天国里的萨茜。

然而，那少女像无名的神祇戏谑地一笑，带着无穷的活泼，降生在我们这条街上。她母亲斥骂她是"女强盗"，她父亲乐呵呵地说她是"疯丫头"。

她好像远遁的清泉，越过崇山峻岭。她的思绪犹如一丛翠竹顶梢的嫩叶，摇曳不定。

二

今天，我望见这位桀骜不驯的姑娘靠着走廊栏杆，默然伫立，仿佛雨后的一弯彩虹。但两只乌黑的大眼呆滞无神，像山竹果树上翅膀淋湿的栖鸟那样。

我从未见她如此郁闷，那模样令人联想到淙淙奔流的涧水突然受阻，汪成死寂的幽潭。

三

这几天烈日对大地的统治格外酷虐。地平线脸色苍白，树叶焦枯，憔悴中显出绝望。

此刻，疯狂的乌云披头散发，在天上安营扎寨，冲出重围的一抹殷红的夕阳，像出鞘的利剑。

半夜醒来，只见房门嘎吱嘎吱战栗。罡风揪着全城的昏睡的发髻，狠命地摇晃。

起床望去，街巷的灯光，在滞重的雨幕中，宛若地狱的浑浊的眼珠。裹着雨声的大氅，教堂里的钟声袅袅而来。

早晨，雨丝越发浓密，太阳没有露面。

四

我们邻里的姑娘手扶着游廊栏杆，茫然地望着灰蒙蒙的天空。

她的妹妹走过去对她说："妈叫你。"她坚决地摇摇头，两条辫子左右摆动。她弟弟拿着纸船拉她的手。她把手抽回。弟弟缠着她，要她跟他玩。她火了，给他一巴掌。

五

雨水调稠了暮色，姑娘呆立不动。

远古时代，创造之口，用水的语言，风的声调，说出第一句话。那悠远的话语，超越忘却和记忆，飘过亿万年，今日化作雨声召唤着少女。于是，她在一切羁绊之外消失了。

时光何其绵长，宇宙何其广袤，一代又一代的人生游戏何其繁复！那邈远，那宏阔，在云影雨声中注望着倔强的少女的面孔。

她睁着乌黑的大眼，静立着，宛如悠悠岁月的塑像。

※ 论妇女

雄性动物生性好斗，恣意互相残杀，这是自然所许诺的，因为，相对而言，雌性对于自然的目的来说是必需的，而雄性几乎并不是必需的。自然有着节俭的天性，它对于那些争食贪吃、但在偿还自然的债务上无所贡献的、饥饿的小动物并不给予特殊照看。因此，在昆虫界我们亲眼可见的一处现象是，雌性毅然承担起把雄虫数量压缩到最低需要限度的责任。

但是，在人类世界，由于大大减轻了男性对自然的责任，因此，他们的在职业和事业上有了自由。据说，人类的定义是能制造工具的动物。制造工具，是超出自然的事。事实上，由于我们具有制造工具的能力，因而我们能够向自然挑战。男人的大部分精力是自由的，他们发展这种权力，并且变得令人可怕。因此，尽管妇女在生活领域是依然占据着天赋的高位，但男人在精神领域里却创造并扩展着他们的疆土。为完成这项伟大的工作，必须实现思想的独立和行动的自由。

男人的优势在于他们的摆脱生理和情感束缚方面有相对的自由，他们不受阻遏地向着扩展他们生命的界限大步迈进。为此，他们经历了革命和失败的难关险阻。他们的积累一而再、再而三地被一扫而光，进步之流在它源泉之处就消失殆尽。虽然成果相当丰硕，但是对照之下，浪费依然是太大了，特别是当我们考虑到，随着大部分财富的毁灭，对财富的史料记载也被带走的时候，这种损失就更大了。经历过重重灾难祸患，人们发现了真理——尽管他们还没有完全利用这真理——这真理就是：在他的创造物中必须维持道德和谐，才能使它们免于毁灭；单单是无止境的力量扩张，不能导向真正的进步，必须达到比例平衡，必须使结构与基础和谐，才能表明真理的真正增长。

这个稳定的理想深深地孕育在妇女的天性中。她们从来不眷恋于忙碌，她们绝不会胡乱地把好奇之箭射向黑暗之心。她们的全部力量本能地工作，使事物臻于完满——因为那是生活的规律。在生命的运动中，尽管没有什么最终的东西，然而每前进一步都会发出完满的音律。甚至幼芽也有完美的理想，花和果实同样如此。但是一座未竣工的建筑本身还不具备整体的理想。因此，如果它无休止地继续发展，这就会发展得超出其稳固的界限。男性对知识文明的创造是巴别塔，他们向自己基础挑战的勇敢使自己的构造一次又一次地倾倒。人类历史是在层层废墟上成长的；它不是像生命一样连续不断地生长。现代战争即是这一点的一个图解。经济和政治组织，仅表示机械的力量，是知识的产物，它们很容易忘却那作为基础的生命世界的重心。对权力和财产的贪婪永无满足之时，它与道德和精神的完美理想不相协调，最终会有一只暴力的手放在它那沉重的材料上。

在历史的现阶段，文明几乎都被男性所独占，这文明是权力的文明，在这文明中，妇女被抛到一旁而黯然失色。因此，这文明失去了平衡，它在战争中前进。它的原动力是毁灭力和破坏力，它的各种仪礼是通过数量惊人的人类牺牲来施行的。这文明由于它的片面性，沿着一系列灾变急速地横冲直撞。最后连妇女也不得不介入其内，并把她们的生命韵律投入到鲁莽的权力冲撞中去。

因为妇女的功能和土壤的那种被动功能不无相似，它不仅帮助树木生长，而且把树木的生长控制在一定限度内。这树木必然会开始它的生命历程，它向高生长，向四面八方扩张它的枝叶，但它一切深层关系的基础都暗藏于地下，固定在土壤中，这有助于它的生长。我们的文明同样必须有它广阔、深厚和稳定的被动的要素，它绝不能仅仅是增长，还要有增长的和谐。它不能全部都是音调，必须还要有节奏。这节奏不是一个障碍，它类似河流的两岸；它能引导河水永远向既定方向流，否则河流就会溢流到乱七八糟的泥淖中失去自我。它是和谐的韵律，这韵律不会阻止世界的运动，而只会把世界运动引向真与美。

妇女天赋具有贞洁、谦恭、温顺的被动品质，她们比男人具有更大的自我牺牲力量。她们那种本性上的被动品质，可以把自然的强大的力量转化为美的创造力——可以把野蛮因素驯化成精致的温柔，以适应生活的需要。这种被动品质赋予妇女以巨大和深沉的宁静，这对生命的抚慰、养育和储存是十分必需的。倘若生命全部是耗费过程，这就会像一个火箭一样，急速飞向天空，发出耀眼闪光，瞬间就会燃尽而化为灰烬。生命像一盏灯，在那里光的潜力比起火焰来要大得多。生命潜力就是在妇女天生的被动性的深处储藏着的。

我在别的地方曾说过，在西方世界的妇女中可以看到躁动不安的情绪，那不是妇女正常的本质。因为妇女需要在环境中有某些特殊和强暴的东西来使她们保持活跃的兴趣，这仅是证明，她们已丧失了同自己真实世界的接触。虽然，在西方，许多妇女和男人不满足平凡普通的事物。她们总是追逐新奇怪异之物，尽力制造虚假的独创性，其目的仅是为了使别人吃惊，而不是使人感到满足。这些努力显然都不是生命力的真正象征。它们对于妇女比对男人更加有害，因为妇女的生命力比男人更强大。妇女是种族的母亲，她们对周围的事物，对生活中的平凡事物满怀兴趣；倘若她没有那些兴趣，那么种族就会灭亡。

假如不断使用外部刺激，使妇女形成心理吸毒的习惯，沉迷于追逐耸人听闻的事物，那么她们就会失去原有的、天生的高度感觉力，丧失女性的美妙鲜艳，丧失维持种族所必需的真正力量。

一个男人只有在他的同伴那里发现权力或实用的某些特殊才能时，他对同伴的兴趣才会变得真实，然而一个妇女对她同伴感兴趣，并不是由于同伴能对她有某种特别用处，也不是由于同样拥有某种能力，更不是由于她对这些能力的特殊爱慕。而是由于同伴是活生生的人类，是她的同类。因为妇女具有这种能力，所以她们的魅力便征服了我们的心灵；她们丰富多彩的生命兴趣有着如此的吸引力，以至于她们的言语，她们的笑声，她们的一举一动，她们的一切都显得高雅不凡；因为这高雅的情调就在于那与我们周围万物兴趣的和谐之中。

幸运的是，我们日常世界中的平凡琐事也有微妙的和不引人注目的美感，只有依靠我们自己敏感的心灵，才能发现那由于是精神的、故而不可见的妙处。倘若我们穿透外部屏障，就会发现，这个平平常常的世界原来是奥妙无穷的。

通过爱的力量，我们直观地认识了这一真理；妇女通过爱的力量发现了她们爱和同情的目标尽管有着猥琐的外表，却仍然具有无限的价值，若是妇女失去了对普通事物兴趣勃勃的力量，那闲暇就会以空虚威吓她们，因为她们的天赋感觉力死掉了，在她们的外界事物中再也没有什么能吸引她们注意力的东西了。因此，她们必须使自己终日忙碌，但这不是为了利用时间，而仅仅是为了使时间充实起来。我们的日常世界像个乐簧，它的真正价值并不存在于它自身，但那些有能力和精力集中的人能听到无限透过空寂演奏音乐。但是，假如妇女形成自行评估事物的习惯，那么，她们就会以狂乱不安来搅乱你们的心灵，就会以她们永恒的爱情幽会来引诱你们的灵魂，使你们竭力去依赖无穷无尽、枯燥乏味的杂音来窒息无限的声音。

我的意思不是暗示家庭生活是妇女唯一的生活。我的意思是说，人类世界是妇女的世界，不论这世界是家庭的，或是其他生命活动，都是人类的活动，而不只是有机化的抽象活动。

不论何处，哪儿有具体的个人和人类的世界，哪儿便有妇女的世界。家庭世界是这样的世界，在那里，每个人都能发现他的价值在于他是个人，因而他的价值不是市场价值，而是爱的价值；这就是说，是神在他无限仁慈中赋予了他所有创造物的价值。这个家庭世界是神赐给妇女的礼物。她们向四面八方发出爱之光，这爱之光，无所不至、无可阻挡，当需要的时候，她们甚至可让它来证明她们女性的本质。然而，不容忽视的一个真理是，她们生于母亲怀抱中的时刻，也就是她们生于自己的真正世界、人类关系世界的中心的时刻。

妇女可以运用她们的力量来打破事物的表层，走向事物的中心，在那里，生活奥秘中居住着兴趣的永恒源泉。男人没有力量到达这个境界。妇女具有了这种力量，假如她们没有扼杀它的话——妇女就会走去热爱那些因其不寻常的品性而不可爱的人们。男人在他们自己的世界里必须履行责任。在这个世界里他不断创造权势、财富和各种各样的组织。但是，神派遣妇女爱的那个世界，是一个凡人俗事的世界。她们不是处在一个仙女们沉睡千年、等待着魔杖触醒的神话世界。在神灵的世界里处处都有妇女的魔杖，魔杖使她们的心灵保持清醒——但这些既不是财富的金杖，也不是权势的铁棒。

所有精神教师都已宣称，个人具有无限的价值。现时代蔓延流行的唯物主义为了残忍的组织偶像而无情地牺牲个人。只要宗教是唯物主义的，只要人们崇拜众神是为了畏惧神灵的恶毒，或是为了贪求财富与权势，那么，崇拜的礼仪就是残忍的，它将索取无数的牺牲。随着人们精神生活的增长，我们的崇拜将变为对爱的崇拜。

在文明的现阶段，只要对个人的损害不仅被实践着，而且被赞誉称颂着，妇女就会因为她们是女性而感羞耻。因为神发出爱音，派遣妇女来担当个人的卫兵，在她们的神职中，个人对她们来说高于陆军、海军、议会、商店和工厂。她们在神自己的真实庙堂里供职，在那时，爱的价值高于权力价值。

然而由于男人以权势自豪，喜欢讽刺那些活生生的事物和人类的关系，故而大量的妇女大声疾呼，以证实她们不是女人，她们是表现权力和组织的真正代表。在现阶段，当她们仅仅被看作是种族的母亲、人类生活必需品的管家、人类对同情和爱这种更深层的精神需求的管家时她们感到，她们的自尊受到了损害。

由于以虚伪的殷勤对人造的抽象偶像的崇拜，感到耻辱的妇女正在打碎她们自己的真神，这真神正期待着为爱作出自我牺牲的崇拜。

长期以来，妇女世界基础在社会硬壳下面，一直在变动不已。近来，由于科学的扶助，文明的男性化在不断增长，因而个人的完全真实性越来越被漠视。组织正在蚕食个人关系的领域，感情让位于法律。在某些社会里，男性理想占了上风，因而杀婴盛行，尽力把女性人口的比例无情地压缩到最低限度。同类的事情以其他形式发生于现代文明社会。对财富和权势的贪得无厌，使妇女世界的大部分剥夺了，家庭日益被办公室所排挤。男性要把整个世界占为己有，几乎不给女子留下任何空间。这不仅是对妇女的伤害，而且是对妇女的侮辱。

但是，不能由于男人权力的肆无忌惮，而把妇女永远拉回到单纯装饰的地步。因为文明对妇女的需要程度丝毫不亚于男人，而且可能更为需要。在地球地质史上，巨大灾变时期虽已经过去，但地球远未达到对一切权势、蛮横蔑视的成熟。商业竞争和争权夺势的文明必然要让位于其力量深藏于美和恩泽的完美阶段。在人类历史上，野心统治的时期是太长久了，因而个人的每项权力都被掌权的扭曲了，人们只好祈求罪恶的帮助来达到他们的善行。然而，这样的行为不能长久，必然逐步消除：因为暴力的种子潜伏在缝隙中，破坏的根子在黑暗中伸展，它们会在意想不到的时候兴风作浪，导致破碎。

因此，尽管在历史的现阶段，男人依然坚持着他们男性的优越性，并以石块建造他们的文明，无视活生生的发展原则，然而，他们不能全然把妇女的本质化为灰烬，也不能把妇女本质化为他们无生命的建筑材料。妇女的家庭可以被粉碎，但妇女的自我没有被粉碎，而且也不可能被粉碎。妇女不仅要追求生活的自由，反对男人对事业的垄断，而且要反对男人对文明的垄断，在那种垄断里，男人每日都在打击妇女的心灵，并消耗妇女的生命。妇女必须依靠把她们的全部力量投入到人类世界的创造中，来恢复已丧失的社会平衡。组织的怪车正沿着生活大道轰鸣作响地奔驰，一路撒下灾难和破坏，因为它必须跑在世界其他事物的前面。因此妇女一定要进入被损害的、残废的个人世界；她们一定要声明，这世界中的无用和无足轻重的每个个人都属于他们自己。她们必须尽力保护情感的美好之花不受讲究效率的科学的嘲笑和烤炙。她们必须扫除强加于生活之上的贪婪的组织力量在各个方面造成的污染。妇女的责任变得比以往任何时候都重大，即她们的工作领域远远已超出家庭生活范围的时刻已经来临。这个世界和那些被凌辱的个人已向她们提出申诉。这些个人必须发现自己的真正价值，在阳光下再次抬起他们的头，通过他们的爱来复兴对神之爱的信仰。

男人们已经看到今日文明之弊端是建立在民族主义基础上的——即建立在以经济学、政治学和军国主义为基础上的。男人们为使自己适应于庞大的机械的组织，已丧失了他们的自由和人性。人们希望，今后的文明，将不单纯地建立在经济的和政治的剥削与竞争的基础上，而要建立在世界范围的社会合作上；不再建立在效益的经济理想上，而要建立在互利的精神理想上。那时，妇女将会拥有她们真正的地位。

由于男人们已经建起了范围广阔、规模巨大的组织，因此他们已经养成这样的一种习惯，认为这种巨大的权力自身具有某些完美性质。他们的这种习惯已经积成染成癖，要他们在当前进步理想中看到真理丢失在哪里，是十分困难的。

但是，如果妇女意识到她们的责任，就会以她们新鲜思想和全部同情力量投入到建设精神文明的新任务中去。当然，如果她们的视野肤浅或过于狭窄，那么她们将贻误她们的伟大使命。正是由于妇女被侮辱过，由于她们曾生活在一种黑暗中，生活在男人的背后，因此我认为，她们应在即将来临的文明中得到赔偿。

那些炫耀武力、残酷剥削的人，那些抛弃了他们的导师关于温柔将统治地球的教导的人们，必将败在下一代生命的手中。在古代，在史前，诸如猛犸和恐龙之类的庞然大物的结果就是如此，它们已经在地球上绝种，它们的庞大身躯和强壮筋肉具有巨大的力量，但是最后却让位于那些筋肉软弱得多、身躯小得多的生物。同样，妇女是较软弱的创造物——至少在外表上是软弱的——她们的肌肉不够强健，她们落在后面，常常被丢弃在那些巨大创造物——男人们的阴影下，然而在未来的文明中，妇女将占有她们的地位，男人必须为之让路。

※ 单纯如歌的爱

手牵着手，眼望着眼：就这样开始了我们的心路历程。

那是三月一个洒满月光的夜晚；空气中飘着散沫花香甜的气息；我的长笛孤零零地躺在泥土中，你的花环也没有编好。

你我之间的爱单纯得像一支歌。

橘黄色的面纱迷醉了我的双眼。

你编织的茉莉花环像一种荣耀，震撼了我的心。

这是一个给予与保留，忽隐忽现的游戏，有些微笑，有些娇羞，还有些甜蜜的无谓的挣扎。

你我之间的爱单纯得像一支歌。

没有视线之外的神秘，没有可能之外的强求，没有魅力背后的阴影，没有黑暗深处的探索。

你我之间的爱单纯得像一支歌。

我们没有偏离出语言的轨道，陷入永恒的沉默；我们没有举起手，向希望之外的空虚奢求。

我们给予的与得到的已经足够多了。

我们不曾把欢乐彻底碾碎，从中酿出苦酒。

你我之间的爱单纯得像一支歌。

珂勒惠支

凯绥·珂勒惠支（1867—1945），德国女版画家。

其作品如代表作《职工暴动》《农民战争》等，形象生动、刚劲有力，颇具感染力。

※ 致亲爱的丈夫

我亲爱的丈夫！

我俩结婚是走进一个未知世界的第一步。那并不是在坚实的（至少还不是坚信它是坚实的）基础上的稳固的建筑。在我的感情上存在着严重的矛盾。

最后我只有这样的感觉：跳进去——船到桥头自然直。母亲，她对这一切也许看得很清楚，并且常常关心我，有一次她对我说："你一辈子都不会缺少卡尔对你的爱情的。"

这句话已经变成事实，我从未缺少过你的爱情。并且你的爱情已经使我们在25年之后的今天还紧密地结合在一起。我感谢你，我亲爱的卡尔！我很少用语言对你说过：你过去和现在对我来说是意味着什么。今天我想再说一次，我感谢你出自爱情和好意所给予我的一切。我们夫妇俩培植的大树渐渐地茁壮成长，它不像许多其他的树那样笔直和顺利，可是它并没有枯萎。纤弱的嫩枝终于长成了大树，它的中心是健康的。它结出了两个优秀的、美妙的果子。

我最衷心地感谢命运，它赐给了我们可爱的孩子，从他们身上我感受到说不尽的幸福。

如果汉斯能活着，那么我们还可看到他会怎样进一步发展，也许我们还能活着见到他的孩子。万一他也被上帝接走了，那么所有从这方面照射来的、温暖的金色阳光就将全都消失，可是我俩还是要相互紧握着双手，心贴着心地一直到最终。

你的凯绥

1916年结婚25周年纪念日

伏尼耶

阿兰·伏尼耶（1868—1951），法国作家。
1913年发表自传小说《大摩尔纳》，具有世界影响。

大师谈亲情

217

※ 首饰

　　女人比男人更虚荣；这是我昨天听到的一种说法，这种说法令人高兴，却经不起检验。如果看看那些不值钱的小玩意儿、奢侈的花费、时尚的专制、害怕甚至尊重舆论、直至没有思想的饶舌，如果看看每一个人都可以不费吹灰之力就能在女人的习惯中观察到的所有那一切，还有什么更明显的事实呢？如果虚荣在于想表现，或者，如果您愿意的话，在于根据别人的看法衡量我们自己的财富，很显然，女人是很虚荣的。

但是，这里一切都有欺骗性，因为在爱情和欲望的活动中，两性都根据对方来调整自己，常常像接受一件大衣一样接受对方的恶习。因此，如果认为有许多腐化堕落的女人，那就错了；事实上这样的女人是很少的；甚至在最广泛的动乱中，她们也保持着自然的纯洁和朴素。因此，常常只需一个环境的变化就能把一个女人引向道德，她本来就离此不远。对男人就不能这样说了，他的想象力可以使他走得很远。但是，谁又看到一个女人为了取悦男人而走到何种地步呢？只是表面现象竟具有这样的欺骗性：一位母亲警惕地守护着女儿们的纯洁，却从来也不考虑她的儿子们的纯洁，那可是一件更易碎的宝贝，而这不仅仅是出于利益。

关于虚荣，人们可能会犯同样的错误。女人只有表面的虚荣，这实际上是她们的需要。她们应该受到尊重，应该化妆，应该修饰。她们不能向随便什么人表达偶然的思想，更不能表达转瞬即逝的感情，这种感情的真正原因乃是完整的本性，但一个自命不凡的人却引以为荣。她们因此理应注意她们的风度，甚至别人以为她们是的那种样子。很有可能的倒是，自然的功能，当然是周期性地得到调整，在她们身上具有一种难以打破的平衡，她们的母性的本能是不可动摇的，一直走到底而没有任何阴暗的虚伪；最后，激情在这块肥沃的土地上坚决地、大胆地、令人赞赏地成长发育，这意味着蔑视舆论、外在的财富和一切微不足道的小事情。因此，我们看到，在爱情的驱使下，女人们从从容容地蔑视舆论。

没有一个男人面对挎着他的胳膊的女人的首饰之精细和雅致会完全地无动于衷；他对别人的赞许感到幸福，这就是证明，而这显然是虚荣。于是，我提出一个可能让很年轻的男人感到惊讶的意见：女人，甚至最漂亮、最留意时尚的女人，也只注意她喜欢的男人的衣服。那么在女人的爱情中就没有一点儿虚荣吗？这样说未免过分。但是，请不要为女人比男人更喜欢打扮和修饰所骗，请不要下女人喜欢外在的装饰这样的结论吧；如果这样的话，人们就会看到男人用花边、穿绸缎、戴饰有羽毛的帽子。是男人的虚荣解释了女人的首饰。

1912年3月9日

普鲁斯特

马塞尔·普鲁斯特（1871—1922），法国著名现代派小说家。
代表作有长篇小说《追忆逝水年华》，共七部，被誉为二十世纪意识流小说的经典。

※ 珍珠

早晨回到家里，躺在床上，我浑身发冷，一阵忧郁冰凉的谵妄使人不寒而栗。刚才，在你的房间里，你前一天的那些朋友，你翌日的那些计划——还有数不清的敌人，为了对付我而策划的种种阴谋——你此时的各种想法——还有无数看不清走不完的路，所有这一切把你和我生生隔开。

现在我已经远远地离开了你，然而亲吻很快就会唤来你不尽如人意的出现，你那瞬间即逝的面具，在我看来，这样的出现足以向我描述你的真实面容，满足我对爱情的憧憬。可以走了；但愿伤心而又冻僵的我远远地离开你！然而，我们的幸福所熟悉的梦幻重新开始延伸，犹如闪烁的烈焰上滚滚的浓烟，在我的脑海里欢快地不断延伸，那又是中了那种突如其来的魔法呢？被褥底下我那只被捂热的手再度散发出你给我抽的那种玫瑰香烟的味道。我把嘴唇紧紧贴在手上久久地回味这种香味，在记忆的暖流中，这种芬芳洋溢出浓浓的温情，浓浓的幸福和浓浓的那个"你"啊！

我挚爱的心上人，当我能够完全丢开你的时候，我就欢快地在对你的回忆中畅游。

如今，对你的回忆填满了我房间。用不着抗拒你那无法征服的肉体，我荒唐地这样对你说。

我必须对你说，我不能丢开你。你的出现给我的生活带来的这种细腻、忧郁而又温暖的色调，宛如你夜晚佩戴的珍珠。如同珍珠一样，我感受到了你的热情，伤心地细细品味这热情中的深浅浓淡；如同这珍珠一样，如果你不带上我，我就会死去。

※ 致丹尼尔·哈尔夫

你给了我一次不轻的鞭打，但是你的鞭子太华丽了，以致我都不能够生你的气，并且那些花的芳香足以使我陶醉，从而使鞭子上的刺变得柔软起来。你用里拉琴打我。你的里拉是令人愉快的。我将要告诉你我所想的，甚至想要和你聊天，就像一个人和一个高尚的男孩在谈论一件有趣的事情一样，即使这个人不愿去谈论它们。我希望你会因我的优雅而欣赏我。不优雅是一件令人讨厌的事情，甚至比放荡堕落的行为还要糟。我的道德信念使我尊重某些感情，某些对友谊的精心安排，尤其是对一位说法语的温柔可爱、无比迷人的女士，她的忧伤和喜悦是同样优雅的，而一个人是永远也不会将猥亵的行为施加于她的，那将是对她的美丽的玷辱。

你认为我无精打采，没有男子汉的气概。你错了。如果你是令人感到愉悦的，如果你有好看的眼睛，如此清澈，能够反映出你思想的优雅和精致，那么如果我不去轻吻你的双眼，我就无法完全爱你的才智；如果你的身体和思维就像你的想法一样，是如此的温柔和纤细，使我感到我能够坐在你的膝盖上和你进行更亲密的交流，最后，在你的身上我无法将你敏锐的思想和你天使般的身体相分离，如果我觉得你自身的魅力能够得到精炼，从而增强我的甜蜜的爱情欢乐，那么，没有任何东西该得到你轻蔑、傲慢的评价。你的这些话对于那些已腻味了女色、想要在和男性发生的性行为中寻求新乐趣的男人倒是更合适些。我很高兴我有一些才智很高的朋友，他们因为具有很高的道德感而被认为是高尚的人，但他们却曾经以玩弄一个男孩为乐……这是他们年轻时代的开端。后来他们又回到了女人那里。如果那是最终的结果，我的上帝，那他们会成为什么样的人？如果我已经完全地、简单地结束了我的爱，你会认为我是什么样的人？或者会成为什么样的人？

我想和你谈谈两位全知全能的大师，苏格拉底和蒙田。在他们的一生中，他们只采摘花朵。他们认为男人在年轻时应该"自己愉悦自己"，以便去理解所有的快乐，以便去释放他们过度的柔情。他们认为这些短暂的、肉欲上的和思想上的情谊对于一个对美具有敏锐感觉的年轻人来说，比和愚蠢的、堕落的女人们发生关系更好些。同时，这样也可以唤醒他们的"感觉"。我相信那些古代的大师是错误的，我会告诉你为什么。我只会接受他们的建议中的一些要旨，不要认为我是一个鸡奸者，这会伤害我的感情。如果是为了成为一个高尚的人，我会试着去保持道德上的纯洁……

※ 梦

"你为我哭泣，我的嘴唇啜饮你的泪水。"

——阿纳托尔·法朗士

我委实记不清星期六（四天前）我对多罗西·B夫人的评价。确切地说那天发生的是怎么回事：大家正好在谈论她，我也直率地说我觉得她缺少魅力，也无风趣。我想她的年龄在二十二三岁之间吧。除此之外，有关她的情况我所知甚少。当我想起她时，没有任何栩栩如生的回忆出现在我的凝思中，映入我眼帘的惟有她姓名的字母。

星期六我睡得相当早。然而到了两点左右，风刮得紧了，我不得不起床把一扇没闩住的百叶窗关好，是它把我吵醒的。我稍稍回顾刚才睡着的那一小段时间；驱走了疲劳，没有不适，没有梦，我很欣喜。我刚刚重新躺下，便又马上入睡。过了一段难以估摸的时间，我渐渐地醒来，确切地说是渐渐醒在一个梦的世界里。起初，我无以区分这个梦幻世界与平时睡醒后才感觉到的真实世界，这个梦幻世界是那么的清晰。我躺在特鲁维尔的海滩上休息，这海滩同时又成了一个陌生的花园里的吊床，一个女人脉脉含情地看着我。她便是多罗西·B夫人。比起早晨我醒来认出了自己的卧房时，我并未感到更为惊讶。不过，那时我对梦中的同伴那神奇的魅力已没有更多的感受，她的出现曾激起过我的对其肉体和心灵的强烈渴慕也减弱了。当时，我俩神情狡黠地对视着，正在创造一个幸福和荣誉的奇迹，对此，我们心照不宣，她是这个奇迹的同谋，我对她充满了无限的感激。可她却对我说：

"真傻，谢我干什么，难道你没为我做同样的事吗？"

这一感觉（实实在在的），即我也为她做了同样的事，使我如痴如醉，仿佛这象征着最亲密的结合。她用手指做了个神秘的示意，并微笑着。我好像已经和她融为一体，明白她的意思："你所有的敌人、所有的痛苦、所有的遗憾、所有的怯懦不是烟消云散了吗？"我尚未开口，她却听见我在回答：她轻而易举地成了胜利者，摧毁了一切，痛痛快快地吸引住了我痛苦的身心。她挨近我，双手抚摩着我的脖子，慢慢地撩起我的髭须，然后对我说："现在我们去和其他人接触，让我们走进生活吧。"我心花怒放，精神抖擞地去履行这幸福的约会。她要送我一朵花，于是便从酥胸中央取出一朵黄里透红、羞闭着的玫瑰，将它插在我的衣服扣眼里。刹那间，我为一种新滋长的快感所陶醉。这朵插在我衣服扣眼里的玫瑰开始发出爱的芬芳，那香气直扑我的鼻孔。我发现我这种不为已知的兴奋扰乱了多罗西的神思。正当她的眼皮（我为神奇的意识所支配，竟能感觉到她身上的东西。我肯定）微微痉挛，泪水将夺眶而出之际，我的眼睛里却充满了眼泪。这是她的眼泪，我可以这么说。她靠近了我，仰起的头挨着我的脸颊，我能凝视着她的脸庞，尽情享受那神奇的恩泽和迷人的活力。她从鲜润含笑的嘴中伸出舌头舔去我眼角的泪水。继而，随着她嘴唇发出的轻咂声，她将眼泪咽了下去，我感到仿佛有一个陌生但更亲热、更撩人的吻直接印在我的脸上，我猛然醒来，认出了自己的卧房，就像邻近地区暴风雨中紧跟在闪电之后的一声雷鸣，与其说是令人眩晕的幸福回忆接踵而至，不如说它已和确实得让人震惊的虚幻和荒谬化为一体。不管我怎样苦苦思索，多罗西·B夫人对我来说已不再是前一天的那个女人了。我和她的几次接触所留在我记忆中的淡淡的痕迹几乎被抹去，就像汹涌的海潮退却后留下的陌生痕迹。我急不可耐地想再看到她，我出于本能想给她写信，但又犹豫不决。聊天时若提到她的名字，便会使我战栗，使我想起那天晚上之前她那并不出众的容貌——和上流社会任何一个平庸的女人一样，对我来说是无足轻重的——却比那些最高贵的太太或最使我兴奋的际遇具有更大的、不可抗拒的吸引力。我不该主动去看她，而若为另一个"她"，我会奉献出一切。每一个时辰都在一点一点冲淡在我的叙述里已经走样的这个梦的回忆。它越来越模糊，好比你坐在桌旁想继续看你的书，无奈天色渐暗，光线不够——夜幕开始降临。为了再作点回忆，我不得不让自己的思绪稍息片刻，就像在昏暗的光线下阅读，你想再看几个字得先闭一下眼睛。该抹去的都已抹去，尚存的还有我纷乱的思绪，那是回忆的航迹上的泡沫或是它那芬芳留下的快感。然而，这种纷乱的思绪会自行消失，见到B夫人，我不再会激动。何必去对她说那些不为她所知的事呢？

唉！爱情就像这梦一般，带着同一种变颜改容的神秘力量在我心中逝去。同样，知我所爱，但没有出现于我梦中的诸君，请不要给我什么劝慰，你们是无法理解我的。

（华青 译）

玛丽亚·恩里凯达

玛丽亚·恩里凯达·卡马利略·德佩雷拉（1872—1968），
墨西哥女作家。散文善于描写人物。

※ 郁金香

　　透过一扇窗子，人们可以看到很多东西。我就曾经坐在自家的窗前，一面绣
着花边，一面目睹了女邻居的罗曼史。我的邻居是一个织花边的女工。她人长得
漂亮，但家境贫寒。她有两个追求者和一株栽在蓝瓷花盆里的郁金香。

　　我邻居和我住的那条街很背静，所以既无车辆来往，也很少有行人。过往
人等全是当地的住户。像巴黎所有的街巷一样，那条街很窄，几乎每家的阳台上

都挂有色彩鲜艳的宽红边遮阳布帘。前面已经说过，我的邻居很穷，所以，她家的阳台上没有挂帘子。不过，太阳并未能阻止姑娘时常到阳台上去照看她的郁金香。那株没有几片叶子的柔弱小花，是我邻居时刻记挂在心的事情。每天晚上她都把它搬进卧室，怕它会受到北风的摧残；清晨再重新搬出来；中午阳光炽烈的时候，她就用一小块麻布给罩起来。她不时地跑进跑出，不是掸去沾染枝叶的尘土、摘掉偶然发现的枯叶，就是浇水捉虫。

在当地的条件下，郁金香是长不好的，只有在炎热的地方，它才能长得枝繁叶茂。正是由于这个原因，我的邻居才对她的花盆那么精心地加以照料。早在好几个月之前她就把种子埋进了土里，直到现在它才雏具样子，开始抽芽发枝，尽管还很柔弱、单薄，但毕竟就要开花了。从姑娘挨近花盆时脸上流露出来的欣喜神态，我猜想这株花的枝头一定已经长出了第一个花骨朵儿了。

后来，我从这位漂亮的女工跟她楼上的邻居——她的追求者之一——的谈话中得到了证实。

"您一定非常高兴吧。几个月的苦心总算有了结果。很快您就能亲手摘下一朵美丽的郁金香啦。您打算把它和您的心一起送给谁呢？"

姑娘非常羞怯地回答："可能什么人也不给，我绝不会把这朵朝思暮想的鲜花给摘下来的。它应该就在原来的枝头上凋谢。我还没有蠢到那种地步，让自己花费的如此巨大的心血毁之于一个短暂的瞬间。这是一个原因，再说，我还没想过要把我的心和这朵郁金香一起送给别人呢。"

"您瞧，我的好邻居，时间不饶人哪。春天已经到了，这可是谈情说爱的大好时机。您看那些小鸟，没有一只是独自飞翔的。您再瞧瞧这些花盆，全都在开花了。还有什么可说的呢？就说您这迟迟不开的郁金香吧，今天，终于结了一个花骨朵儿。我的好邻居！您就可怜可怜我吧，您就痛痛快快地答应接受我做您的丈夫吧！"

女工的脸上泛起了红晕。"您需要的不是妻子，而是理智。"

"如果您爱我，我就会有理智的。"

姑娘楼下的邻居是一个拘谨而又漂亮的小伙子，此刻，也正好站在自家的阳台上。他听了两个人的对话之后，皱了皱眉头，但却没动声色，因为他也爱着那个花边女工。

我是在绣花的时候，从窗口发现这个不善交际的小伙子的秘密的。不过，时至今日，他和心中的恋人一共也没有说过几句话。我觉得他既腼腆又内在，既敏感又多情。很久以前，我偶然发现，有一次，他趁女邻居不在的空隙，把一封信扔到了她的阳台上。他是否收到了回信，我不得而知；不过每当姑娘来到阳台上的时候，他几乎连仰起头来跟她表示爱慕之情的勇气都没有，只能简单地寒暄几句。

"天气真好，小姐！"

"是啊，真好；对我的郁金香来说，可真是再好不过了。"

"您不再为它担心啦？"

"不啦，已经不担心了，现在它长得可好啦，又长出了两片叶子。"

"谢天谢地，您总算如愿了。您为这株花可真是操尽了心啊！"

"是啊，的确是这样，我把空闲时间全搭上了。"

"您的空闲时间实在少得可怜，小姐！我看您太辛苦了……有时候，已经很晚很晚了，我还见您房里的灯光映在对面的墙上。您会累病的。"

"不会的，我身体很好。上帝会保佑我的。"

"但愿如此。"

小伙子的声音微微发颤，美好的憧憬使他的眼睛显得更加美丽。可是，姑娘却没法看到他眼神的含义，因为他已经闭上了眼睛。

"回头见，先生。"姑娘说着转身走进屋里。

"回头见，小姐。"

这种一向质朴的谈话，给我留下了极好的印象。我的女邻居的确太忙。我总是看见她手里拿着编织针，不停地织呀织呀，简直就像一只不知闲的小蜘蛛。她织出来的花边是多么轻巧，多么精美啊！……真可以说，仿佛一阵风就能吹破。一会儿是条边，一会儿是荷叶边，一会儿方，一会儿圆。丝线在她手中的活计上面宛如蝴蝶一般随意飞舞，看着它，真会觉得眼花缭乱。姑娘用她那双巧手麻利而又熟练地摆弄着根根丝线，又是穿、又是扯、又是捋。丝线也真听话，总是乖乖就范。姑娘整天忙碌。她有时候嘴里哼着歌儿，有时候我又觉得她是在凝神沉思，好像手头碰到了难题。

楼下的邻居显然是放心不下，总是默默地仰望着她的阳台。楼上的邻居却老是兴高采烈、笑容可掬，也常常低头注视着同一个地方，并且总能找到甜言蜜语和姑娘搭讪："您的脸蛋儿越来越漂亮，真像是两朵盛开的玫瑰。"

姑娘进进出出，虽然没有直接对答，但唇边却笑意盎然。这位风流少年可能最后如愿吗？这是谁也说不清楚的。姑娘还没有表露她的心愿，不过，这位小伙子却老是在用话语、用笑脸、用炽热的眼神把她纠缠。在姑娘专心致志地编织着花边的同时，小伙子正在巧妙地铺排着俘获她的情网。这已经是由来已久的事情了。他能成功吗？谁知道呢！

我的女邻居终于盼来了这个欣喜的时刻：今天早晨花苞绽开了，一朵美丽的郁金香，红得像是一团炽烈的炭火，迎着春光展开了自己的花瓣。姑娘喜不自胜，第一次忙中偷闲，心醉神迷地站在那初放的花前。

我坐在自己的屋角里分享着她的欢乐，尽量不引起姑娘的注意。她楼下的邻居也一定非常高兴，不过，他不在家。这是我从他那关着的阳台玻璃门上知道的。可是，她楼上的邻居赶上了，如同表述大家的喜悦心情一般，连连发出赞叹："太好了！太好了！现在咱们来好好庆祝一番！郁金香开花了。求求您，我的邻居……把这朵花送给我吧！我每天都在算着它开花的日子，比您还着急呢。它是属于我的，我有权得到它。您要是不给我，我也会把它偷到手的。它属于我，因为我爱您。街上没有人，谁也听不见。让我再说一遍：我爱您，我喜欢您，我崇拜您！把花送给我吧，我的好邻居！请您把它给我吧，否则，我就从这儿下去自己动手摘啦！"

小伙子说得很坚决。看样子要贸然采取行动。姑娘象一只受惊的鸽子一样犹豫不决，她满面绯红，两手颤抖，虽然这样，但她的唇边和眼角却似乎流露出了某种满意神情……

"邻居，快把花给我！"他的语气像是命令，不过，却又非常得体，强制之中包含着并未尽言的柔情蜜意。"快点，快点！会有人来的。快把花给我……要不，我马上就从这儿下去自己动手啦！"

姑娘恳求地仰起脸，想要自卫；但是小伙子却投给她火一般深情的目光。这还不算，他还做出了想要从阳台上下来的样子。

姑娘被吓坏啦，终于屈服了。她走到花盆跟前，摘下花扔到了楼上，然后就跑进卧室，隐没在屋子里了。楼上的邻居得意地拾起了花朵，热切地吻了一下，就插进了衣领上的扣眼里。他先是哼起轻快的小调，没过一会儿，就随身带着那朵花丛家里走了出去。这时，我难过地想着那朵刚刚开放就被摘了下来的郁金香。同时也凄然想起……

不过，我的痛苦与我邻居的罗曼史毫无关系；那么，咱们还是只讲有关她的事情吧。那位幸运的小伙子走后不久，美丽的姑娘就又来到阳台上用麻布罩起了花盆，因为阳光又变得火辣辣的了。这真是一个令人欢快的明媚早晨。整个天空犹如一顶硕大无棚的蓝缎华盖。

这时候，那位一大早就出了门、整个上午都没露面的楼下邻居，突然出现在阳台上了。姑娘一看见他，就轻轻地发出了一声惊叫，我也跟着叫了一声……

因为，这位急匆匆赶回来的人手里拿着一朵鲜红的郁金香……

姑娘和我都感到困惑不解，期待着……

"小姐，"小伙子恭恭敬敬地仰起脸说，"今天早上我出门以前，看到您的花盆里开出了第一朵花，可当我现在回来的时候，却非常痛心地发现它被扔到了街上。这条街上只有您养着郁金香，所以我猜想这是您的；后来看到花盆里果然没有花了，知道这花确实是您的，一定是风把它吹落到了街上；幸好我来得及时，才能把它捡回来还给它的主人。您拿去吧，小姐；如果您愿意，我就上楼给您送去。"

小伙子的脸上带着质朴的甜蜜神情。当他举目凝望女友的时候，眼睛里闪烁着温柔的光芒。小伙子手举郁金香站在阳台下面，真是一幅情趣无穷的图画。

当楼下邻居说话的时候，姑娘心中真是百感交集。她脸上流露出惊奇、气愤、鄙夷和轻蔑的表情，不过，此刻却似乎又满含着一片柔情，带着甜蜜的笑意。

小伙子还憨厚地站在那里重复着："小姐，这是您的郁金香；如果您愿意，我就上楼给您送去。"

然而，结果姑娘却说："不，不，先生，不要给我啦；如果您喜欢，那您就留下吧……"

"那怎么行！"小伙子怯生生地说，"我可以把这朵花留下？"

她也羞涩地回答："对，您可以留下，我希望您把它留下……"

两个人都不再说话了，这时，正有一群欢快的燕子叽叽喳喳地从街上飞过，好像是在为此时此刻唱着赞歌。

埃泰萨米

尤素福·埃泰萨米（1874—1937），伊朗作家、翻译家。

※ 雨珠·露珠·泪珠

东方破晓，晨光熹微。黎明女神飘然下凡，从娇艳欲滴的红玫瑰近旁走过，看见花瓣上有三滴晶莹的水珠在向她招手，请她留步。

"熠熠闪光的水珠，你们有何贵干？"女神驻足问道。

"有劳大驾，请你为我们当裁判。"

"噢，什么事啊？"

"我们同属于水珠，可是来源出身各异。请问哪颗水珠更珍贵呢？"

女神指着其中一颗水珠说："那你就先来自我介绍一下吧。"

雨珠听到要她先说，十分得意地晃了晃身子："我呀，来自高空的云层，是大海的女儿，象征着波涛汹涌的海洋。"

"我是黎明之前凝成的露珠。"另一颗水珠急不可待地抢着说，"人们称赞我为五彩朝霞的伴娘，奇花异草的美容师。"

第三颗水珠迟迟不肯开口，黎明女神和颜悦色地问道："那么你呢，我亲爱的小姑娘？"

"我算不得什么。"她忸怩地回答，"我来自一位姑娘的明眸。起初像是微笑，尔后又称友情，现在被叫做眼泪。"

头两颗水珠听她这么说，不约而同地撇撇嘴，露出轻蔑的笑容。黎明女神小心翼翼地将泪珠置于手中，连声称赞道："还是你有自知之明，丝毫也不炫耀，显然比她们俩更纯洁，也更珍贵！"

"可我是大海的女儿呀！"雨珠急得叫起来。

"我是辽阔苍穹的女儿！"露珠很不服气。

"是的，一点不错。"黎明女神郑重地说，"而她呢，是人类内心纯真感情的升华，而后凝结成夺眶而出的泪珠。"

言罢，女神吮吸了泪珠，顿时消失得无影无踪。

迦德卡利

迦德卡利（1885—1919），印度马拉提语作家。一生穷困潦倒，写下了不少剧本和诗歌。他善于抒发个人见解和诗人情怀，笔调热情。

※ 美德颂歌

女人是大地，不，不！娑罗宣伐蒂毫不贬低妇女的价值，她是赋予你生命的母亲，她是与你终生相伴的妻子，她是丰富你生活的女儿，她给予你真切温柔的爱的体验，在你生命三个历程中提高你作为儿子、丈夫和父亲的地位。妇女是世界上爱情、纯洁、温柔、神圣的唯一本性的光辉典范。世界万物都可以证明她的神圣。茫茫荒漠中女性以其独特的光辉建起怡人的绿洲，女性的名字赋予咆哮的河流以吠陀的博大和神圣，她的身上闪现着温柔的光辉，她创造了完美的真实。女性心中涌动着万般爱的洪流，伟大的诗人借此而才华横溢，他们的诗仅是女性美的色彩的投影，卓越画家的画笔也被她们的色彩吸引住了。在美的圣殿中，端坐着女性神圣的偶像。勇敢的士兵曾用武器挑动人类在他们的刀光剑影中起舞，而今被女性眼中流动的盈盈秋波的光辉照彻了。正是由于她，群峰在海岸起舞，甚至连神也确确实实以女性形象显现。

娑罗宣伐蒂，人类高尚情操与神的幸福同——虔诚的信徒和婆迦伐塔——已经在女性那里找到了驻所！人类的有限最终融会到神的无限之中。崇敬神的善良人婆迦伐塔，无私地被安排在人类崇高的行列之中。这样绝无仅有的神圣之人是不会在你们那群男人中找到的，而是存在于女性之中，存在于我们这些圣洁的女人之中。女人按照丈夫的意愿像侍奉神一样殷勤地服侍着丈夫，按他们的要求奉献出自我牺牲，这样的女人就在每一间屋子里！同样，母亲哺育着孩子，如同无私地侍奉着神，以神的爱心爱一切人，哺育人成长，让世人信服。于是在如此妇人体内，人和神显示出他们的优秀品质！神创造出女人以肩负起人类信仰和发展的重任，人是神自己创造的最大成就。神体现成女性爱的化身，去扶助男人的事业成功，男人是神的名声，而女人是神的偶像。正因如此，娑罗宣伐蒂，神将不得不现出真身，倾听忠诚的女人的呼声，即使那会儿他正在苦思冥想着创造比人间更光明的世界。娑罗宣伐蒂，请理解我的话的真实含义吧！看一看我手中的花环，你愿意低下你的头来戴上它吗？

（徐坤 译）